Kühlwein, Keito lebt

Inhalt · Keito ist ein Indianerjunge von 12 Jahren, der mit seiner Familie im peruanischen Urwald lebt. Ein jähes Unglück reißt ihn aus dem natürlichen Rhythmus von Feldarbeit, Jagd und Schule heraus: von einer Giftschlange gebissen, muß ihm ein Bein amputiert werden. Wie wird ein Indianerjunge mit diesem Schicksal fertig?

Freilich geht dadurch auch sein sehnlicher Wunsch in Erfüllung: Er kommt in die Großstadt Lima, erlebt dort eine ihm völlig fremde Welt, ist fasziniert und verwirrt zugleich. Wie sind seine Reaktionen darauf? Wo findet er Halt in dieser Welt? In seinem Stammesgebiet sind inzwischen Grenzkämpfe ausgebrochen . . .

Für Anna-Joy

Annette Kühlwein

Keito lebt

Eine Indianergeschichte aus Peru

ISBN 3-89811-390-6

Umschlag: Ulrike Metzer, Wiesbaden

Alle Rechte liegen bei der Autorin.
Herstellung: Libri Books on Demand.

Inhalt

Das Unglück

Der Schrei

Ein heller, gellender Schrei durchschnitt die lastende Mittagsglut. Für den Bruchteil eines Augenblickes ließ er alle Geräusche des Urwaldes erstarren. Nur das Rauschen des Flusses stieg zum steilen Ufer herauf.

Der Vater hatte sich weit in das dämmerige Dickicht des Waldes arbeiten müssen, bis er endlich eine Palme entdeckte, deren Blätter für das Schutzdach, das er auf dem Feld errichten wollte, geeignet waren. Ohne Mühe kletterte er hinauf, das lange, scharfe Buschmesser an der rechten Seite durch den Strick gesteckt, der die Hose im Bund zusammenhielt. Fest umklammerten seine nackten Füße den Stamm, als er mit kräftigen Hieben einen Blattwedel nach dem anderen abtrennte. Mit dem dicken Stiel voran segelten sie auf den moderigen Urwaldboden oder verfingen sich im halbhohen Gesträuch.

Gerade stieg der Vater ein Stück höher. Da drang der Schrei an sein Ohr und ließ ihn zusammenfahren. Kein Zweifel, der Schrei kam aus der Richtung, wo er seinen Sohn auf dem Feld zurückgelassen hatte.

War das Keito gewesen? So hatte er ihn noch nie schreien hören! Da folgte ein zweiter, markerschütternder Schrei, wie von einem todesverwundeten Tier. Hastig ließ der Vater sich den unebenen Stamm hinabgleiten, sprang das letzte Stück hinab auf den weichen Boden, griff die Machete und bahnte

sich in Windeseile den Pfad zurück, den er vorhin in das Dik-
kicht geschlagen hatte. „Ich muß zu meinem Sohn", durchschoß es ihn. Lianen und Kletterpflanzen peitschten dem
Vater ins Gesicht. Hoch oben in einer dichtbelaubten Baum-
krone kreischte ein junges Affenpärchen, aufgeschreckt
durch die gellenden Schreie und den Mann, der tief unter
ihnen mit soviel Lärm durch den Urwald stürmte.
Endlich hatte der Vater den Waldrand erreicht. Das grelle
Sonnenlicht blendete ihn. Mit blinzelnden Augen blickte er
suchend über das Feld. „Wo steckt mein Sohn? Er hat doch
gesagt, er will vorn an der Böschung zum Fluß arbeiten. Warum ist er nicht zu sehen? Ist er in den Fluß gestürzt?"
Hier in der Biegung des Flusses war die Strömung stark und
würde auch einen so guten Schwimmer wie seinen Erstgeborenen fortreißen.
Der Vater eilte über das Feld. „Keito, Keito, wo bist du?" Mit
großen Sprüngen setzte er über die gefällten Baumriesen hinweg, die ihm den Weg versperren wollten. Aus dem dicken
Gestrüpp am Feldrand klang es plötzlich: „Vater, Hilfe!" „Ich
komme, Keito!" Der Vater hetzte auf das wirre Gesträuch zu
und erreichte seinen Sohn. Inmitten der Sträucher und dem
Gestrüpp kauerte der Junge am Boden.
Keito hielt mit beiden Händen seinen rechten Fuß umklammert und wimmerte leise. Ein stechender Schmerz pochte in
seiner Ferse. Der Vater beugte sich nieder. Erbarmungslose
Angst um seinen Erstgeborenen ließ ihn frösteln. Zu deutlich war die Spur an Keitos Ferse. Aus zwei winzigen Wundlö-
chern, die einen Fingerbreit auseinander lagen, perlten einige dunkelrote Blutstropfen über die braune Haut. Unter den
beiden Wundmalen reihten sich kaum wahrnehmbar zwei
schnurgerade, kurze Linien mit nadelfeinen Einstichstellen.
„Hast du sie gesehen?" fragte der Vater tonlos. Keito nickte

unmerklich. „Welche war es?" Mit schreckensweiten Augen blickte Keito seinen Vater an. „Jergón", flüsterte er. „Eine, eine . . .", stammelte der Vater. Seine Stimme versagte, als er den Namen der Giftschlange, die sie alle am meisten fürchteten, aussprechen wollte.

Der Vater drückte behutsam einige dicke Tropfen Blut aus den beiden winzigen Löchern. Keito wimmerte leise, und Tränen traten in seine Augen. „Sei ganz ruhig", sagte der Vater, „bewege dich nicht!" Gleichzeitig durchschoß ihn der Gedanke: „Ich muß sie töten! Ich muß die Schlange töten, dann wird mein Sohn leben!" Laut fragte er: „Keito, wo ist sie hin? Hast du es gesehen?" Keito nickte schwach und wies mit dem Kinn in die Richtung, wo dickes dorniges Gestrüpp wucherte. „Du mußt sie töten", flüsterte er aufgeregt, „dann werde ich leben!" Erschöpft stöhnte Keito auf. – „Ich werde sie töten."
Behutsam hob der Vater den Jungen auf seine starken Arme und trug ihn wie ein kleines Kind. Langsam, auf jeden Schritt achtend, stieg er mit der kostbaren Last die steile Böschung hinunter zum Fluß, trat in das schwankende Kanu und legte seinen Ältesten vorsichtig auf den Boden des Bootes.
Rasch zog der Vater sein Baumwollhemd aus, tauchte es in den Fluß, zog es heraus und hüllte es sorgfältig um Keitos Bein. Die kühle Feuchtigkeit linderte den Schmerz ein wenig.
„Beweg dich nicht, mein Sohn", befahl der Vater. „Ich gehe noch einmal auf das Feld zurück!"
Keito lag mit geschlossenen Augen und nickte kaum merklich. Er wußte, der Vater würde jetzt nach der Schlange suchen. „Sie ist, sie ist . . .", setzte Keito mit matter Stimme an. „Sprich nicht", unterbrach ihn der Vater. „Ich werde sie fin-

den!" Mit diesen Worten stieg er aus dem Kanu und eilte das sonnenbeschienene Steilufer hinauf, über das Feld zu der Stelle, wo sein Erstgeborener zusammengesunken gelegen hatte.

„Ich muß sie finden! Mein Sohn, er muß leben!" hämmerte es im Kopf des Vaters, als er mit einem festen Ast in dem dornigen Dickicht stocherte und sich immer tiefer in das widerborstige Gestrüpp zwängte. Dornen rissen ihm die Haut an Armen und Schultern auf. Verzweifelt drosch der Vater mit dem Knüppel auf Sträucher, Büsche und Gras ein. Vielleicht saß die Schlange in der Nähe und wurde aufgescheucht!

Erbarmungslos brannte die Sonne auf das Feld mit dem in wilder Ohnmacht wütenden Mann und auf das sanft schwankende Kanu mit dem todesverwundeten zwölfjährigen Jungen.

„Ich muß zu meinem Sohn zurück. Er darf nicht in der Sonne liegen! Ich finde sie nicht! Ich finde die Schlange nicht!"

Ein tiefes, trockenes Schluchzen schüttelte den Vater, als er die Böschung zum Fluß hinuntereilte. „Er darf nicht sterben! Keito, mein Sohn, darf nicht sterben!"

Äußerlich gefaßt, mit ruhigem Gesicht, ging der Vater die letzten Schritte zum Ufer und trat behutsam ins Boot. Keito stöhnte leise, schlug die Augen auf und blickte erwartungsvoll auf. „Hast du sie getötet?" fragte er. Der Vater hockte sich im Kanu nieder, nahm das feuchte Hemd von Keitos Bein und blickte in die weit aufgerissenen, angstvollen Augen seines Ältesten. „Ja, mein Sohn, es wird alles gut", sagte er mit fester Stimme. „Du wirst leben!"

Mit einem Seufzer schloß Keito die Augen. Sein Kopf schwirrte und summte: „Vater hat sie getötet! Sie ist tot! Ich werde nicht sterben!"

Keito sah das Zucken in Vaters Gesicht nicht, als dieser einen frischen Umschlag um sein Bein legte.

12

Dann löste der Vater das Seil von der Wurzel, gab dem Kanu einen sanften Stoß, sprang vorsichtig hinein und griff zum Paddel. Mit festen, eiligen Schlägen wurde das Boot aus der kleinen Bucht gesteuert, von der reißenden Strömung erfaßt und flink flußabwärts getragen. Geschickt ließ der Vater es an den treibenden Hindernissen vorbeigleiten. Eine ganze Weile ließ der Vater dem Kanu freien Lauf, nur hier und da mit dem Paddel die Richtung ausgleichend. Dann lenkte er es blitzschnell aus der Strömung in einen sehr schmalen, von Büschen und Bäumen überwucherten Flußarm, dessen Zugang kaum zu erkennen war. Hier war es dämmrig und kühl. Rasch glitt das Kanu über das dunkelgrüne, moderige Wasser unter dem Blättergewirr, wie durch einen Tunnel mit endlosen Windungen, hindurch. Manchmal schien es für das schlanke Boot keine Durchfahrt mehr zu geben. Aber der Vater kannte hier jedes Schlupfloch und bahnte das Kanu sicher durch das verwirrende Labyrinth.

Plötzlich stieß es wie von Zauberhand aus der grünen, undurchdringlichen Mauer auf einen kleinen, stillen See, der mit lichtgrünen Wasserpflanzen, die wie flache Schalen auf dem Wasser lagen, überzogen war.

Unruhig warf Keito auf dem Boden des Kanus den Kopf hin und her. Er begann am ganzen Leib zu zittern. Heftiges Erbrechen schüttelte ihn. Der Vater stützte den Kopf seines Sohnes über die Wand des Bootes.

Nach einer Weile ließ Keito sich erschöpft in die Arme des Vaters zurücksinken. „Ich friere", flüsterte er, während der Vater ihn behutsam auf den Boden des Kanus zurücklegte.

Wenig später stieß das Kanu am sanft ansteigenden Ufer des Sees auf. Der Vater hob seinen Sohn aus dem Boot und trug ihn durch die Reihen der mannshohen Manioksträucher zu der kleinen Schutzhütte, die er schon vor der Regenzeit auf diesem Feld gebaut hatte.

Nachdem der Vater Keito auf den Boden gelegt hatte, sagte er: „Mein Sohn, bewege dich nicht! Bleib ruhig liegen! Ich fahre ins Dorf und hole den Medizinmann und die Sachen für die Nacht."

„Bleib hier", flüsterte Keito angstvoll.

„Ich komme bald wieder", erwiderte der Vater, „und bringe Hilfe." Hastig riß er sich los, um mit festen Schritten von der Schutzhütte, die, gut versteckt, inmitten der Manioksträucher lag, fortzueilen.

Der Medizinmann wird geholt

Keitos Brüder, der zehnjährige Awishu und der siebenjährige Claudio standen im seichten Wasser in der Nähe des Ufers der kleinen Insel, auf der nur ihre Hütte stand, und beobachteten gebannt die Oberfläche des Sees. Unzählige Insekten tummelten sich dicht über dem spiegelnden Wasser. Plötzlich tauchte ein Fisch auf und schnappte nach einem schwirrenden, dicken Käfer. Das war das Ende des Fisches! Blitzschnell, mit sicherem Wurf, hatte Awishu seine Flecha, den federleichten, kurzen Holzspeer geschleudert. Die scharfe Metallspitze mit den beiden Widerhaken blieb im Fisch stecken, der vergeblich versuchte, mit dem Todesgeschoß im Fleisch davonzuschwimmen.

Vorsichtig watete Awishu durch das Wasser, das ihm bis an die Knie reichte, zu der erlegten Beute. Er griff den zappelnden Fisch und warf ihn zu den anderen in das Kanu, das in der Nähe an der Anlegestelle lag.

Claudio hob den Blick und ließ ihn über den See gleiten. „Da kommt Vaters Kanu", stellte er fest. Awishu nickte. „Ja, aber wo ist Keito?" fragte er ein wenig erstaunt. „Er sitzt nicht im

Kanu!" „Nein, er sitzt nicht im Kanu", echote Claudio nachdenklich. „Aber er ist mit Vater auf's Feld gegangen."

Wenig später legte das Boot am Ufer an. Ehe Claudio sich erkundigen konnte, wo der große Bruder geblieben war, fragte der Vater, vom schnellen Paddeln außer Atem: „Wo ist eure Mutter?" „Ich glaube, sie gräbt Maniok hinter dem Haus aus", gab Awishu zur Antwort. Der Vater eilte über den frischgefegten Platz vor der Hütte und stieß beinahe mit der Mutter zusammen, die eben, einen vollen Korb erdiger Maniokwurzeln auf dem Kopf balancierend, um die Ecke des Hauses kam.

„Oh, du erschreckst mich!" rief sie aus und griff nach dem Korb, der gefährlich schwankte. Dann stutzte sie und fragte ahnungsvoll: „Was gibt es?"

„Keito", stieß der Vater hervor und stockte. „Was ist mit Keito? Wo ist er?" fragte die Mutter hastig. Das verstörte Gesicht ihres Mannes flößte ihr Angst ein.

„Er ist. . ., er wurde von einer. . ., von einer. . . . Schlange gebissen", brachte der Vater mühsam heraus. „Schlange gebissen", wiederholte die Mutter und starrte ihren Mann an.

„Was für eine Schlange?" fragte Claudio, der dem Vater neugierig gefolgt war und die letzten Worte aufgeschnappt hatte. „Vater, welche Schlange hat Keito gebissen?" bohrte er weiter, als der Vater schwieg.

„Was für eine Schlange?" fragte nun auch die Mutter mit schreckensweiten Augen. Langsam sickerte die furchtbare Wahrheit in ihr Bewußtsein: Ihrem Erstgeborenen war ein Unglück zugestoßen!

„War es eine. . . ?" Hastig unterbrach der Vater die Frage der Mutter. „Ich habe sie getötet! Unser Sohn wird leben! Ich paddele hinüber ins Dorf zum Medizinmann. Lege Decken, eine Schlafmatte, Moskitonetz und einen Topf zurecht! Auf dem Rückweg hole ich alles."

Der Vater eilte zurück zum Kanu. Die Mutter lief neben ihm her, immer noch den schweren Korb auf dem Kopf tragend. „Wo hast du Keito hingelegt?" fragte sie. „Er ist in der Hütte auf dem Maniokfeld am Schlingpflanzensee", erwiderte der Vater und griff das Paddel. Wortlos stieß Awishu das Kanu ab.

Schweigend, von Angst um ihren Ältesten gepackt, blickte die Mutter dem Boot nach. Tränen rannen über ihre Wangen. Sanft stieß Awishu an ihren Arm. „Komm, Mutter, wir holen die Sachen für Keito."

Wie aufgeschreckte Küken drängten sich Claudio, die neunjährige Morena und die kleine, vierjährige Merza schutzsuchend an die Mutter, als sie zum Haus hinaufgingen.

Der Nachmittag neigte sich bald dem Ende entgegen, als Tano das Kanu am Ufer vor dem Haus des Medizinmannes anlegen und den Vater seines engsten Freundes aussteigen sah. Tano wußte, der Medizinmann und Keitos Vater waren oft zusammen. „Schade, Keito ist nicht mitgekommen", dachte Tano. „Er ist wohl von der Feldarbeit erledigt!" Damit wandte er sich wieder seiner Schnitzarbeit zu.

Keitos Vater eilte auf das Haus des Medizinmannes zu. Die Familie saß auf dem Boden um Fisch und dampfende Kochbananen, die auf frische Bananenblätter gelegt waren. Erstaunt blickte der Medizinmann auf, als der Vater mit einem: „Ich bin gekommen", hastig den Balken mit den eingekerbten Stufen heraufstieg, nicht einmal nach guter Sitte die Einladung zum Eintreten abwartete und das Haus während einer Mahlzeit betrat. Wortlos ging der Vater zum Kurandero und flüsterte ihm etwas zu.

Das Gesicht des Medizinmannes verfinsterte sich. Er stand auf, ging in den hinteren Teil des Hauses, griff einen prall gefüllten, fest verschnürten Beutel, der an einem der Balken hing, dazu eine der selbstgebauten Petroleumfunzeln, prüfte, ob sie gefüllt war, ließ sich eine Baumwolldecke aus dem aufgerollten Bündel, das unter den Dachlatten klemmte, holen und ging mit Keitos Vater.

„Wann kommst du zurück?" rief die Frau des Medizinmannes ihrem Mann fragend nach.

„Morgen", erwiderte dieser ohne zurückzublicken. „Oder später!"

Beide Männer stiegen ins Kanu. Der Medizinmann griff Keitos Paddel, das am Boden lag, und stieß das Boot von Land.

„Merkwürdig", dachte Tano, als er von seinem Platz aufblickte, von dem er weit über den See blicken konnte. „Warum geht der Kurandero um diese Zeit mit Keitos Vater?"

Nach der Mahlzeit, als sich die Jungen des Dorfes zum Üben mit den kurzen Holzspeeren, den Flechas, trafen, erkundigte sich Tano beiläufig bei einem der Söhne des Medizinmannes, was Keitos Vater gewollt habe. „Weiß nicht", gab der Junge zurück. „Muß jemand krank sein. Vater hat seinen Beutel mitgenommen." Tano nickte und beschloß, Keito selber zu fragen, mit dem er sich für den nächsten Tag zur Jagd mit dem Blasrohr verabredet hatte.

Die Mutter und die Kinder standen am Ufer, als das Kanu mit den beiden Männern anlegte. Außer den vom Vater verlangten Sachen, hatte die Mutter noch einige Tücher vom Baby dazugelegt. „Für die Wasserumschläge", sagte sie leise. „Und hier das warme Hemd für die Nacht", fügte sie hinzu. „Ja", sagte der Vater und blickte seine Frau dankbar an.

Awishu reichte dem Medizinmann einen Krug mit heißer Asche und glühenden Holzscheiten, damit sie auf dem Feld ein Feuer entzünden konnten.

Das Kanu legte ab. „Ich komme morgen nach Sonnenaufgang", sagte der Vater zur Mutter. Sie nickte leicht.

„Awishu, mein Sohn", fügte der Vater hinzu, „du paßt auf das Haus und auf deine Mutter auf!" Awishu nickte und schluckte heftig gegen die Angst an, die ihm die Kehle zuschnüren wollte. Manchmal war er neidisch auf Keitos Rechte als Erstgeborener gewesen. Jetzt gäbe er etwas dafür, wenn sein ältester Bruder da wäre!

„Keito soll wiederkommen!" schrie er heraus, dem Boot hinterher. „Er soll wiederkommen", wiederholte er noch einmal leise, wie ein verlorenes Echo.

Die Sonne warf lange Schatten und näherte sich am Horizont der grünen Linie der Bäume, als das Kanu am flachen Ufer des Schlingpflanzensees anlegte und die beiden Männer ausstiegen.

„Keito, mein Sohn, ich bin gekommen", sagte der Vater, als er in die Schutzhütte trat, in der sein Erstgeborener regungslos mit geschlossenen Augen und bleichem Gesicht auf dem Boden lag. Seine Augenlider zuckten leicht.

Keito blinzelte. Wie in dichtem Nebel stand sein Vater vor ihm. Lippen und Zunge wollten kaum gehorchen. „Kalt", stieß er mit letzter Anstrengung hervor und stürzte in tiefe Dunkelheit.

Rasch breitete der Vater die Schlafmatte aus und bettete seinen Sohn darauf. Er legte die beiden Baumwolldecken über Keito, wobei das verletzte Bein unbedeckt blieb.

Der Medizinmann entfachte mit geübten Handgriffen ein Feuer. Dann trat er neben den Vater, der vorsichtig das Hemd von Keitos rechtem Bein entfernte.

Der Kurandero blickte auf die Wunde an Keitos Ferse. Neben den beiden Einstichstellen der Giftzähne hatten sich unzählige Bläschen gebildet, und das Bein war geschwollen. Das Gesicht des Medizinmannes wurde noch finsterer.

„Ich hole Wasser", sagte der Vater, griff den Aluminiumtopf und ging zum See. Der Medizinmann öffnete den Beutel. Verschiedene fest verschnürte Beutelchen kamen zum Vorschein.

Der Vater sah nicht, was der Kurandero aus diesen kleinen Beuteln holte, ins Wasser streute und über dem Feuer aufkochen ließ, bis alles zu einem braunen Sud wurde. Er verstand die Worte nicht, die der Medizinmann leise über dem Topf murmelte, als er das dunkle Gebräu von Zeit zu Zeit umrührte.

Als die Sonne ihr rosaviolettes Licht über den ganzen Westhimmel warf, fiel die Nacht mit ihrer gefahrbergenden Dunkelheit über die einsame Schutzhütte herein. Jetzt war die Zeit des Medizinmannes gekommen, den Kampf mit den bösen Geistern der Finsternis, die Keito nach dem Leben trachteten, aufzunehmen.

Die Petroleumfunzel warf ihr flackerndes Licht über das Moskitonetz, unter das der Medizinmann mit all seinen geheimnisvollen Utensilien kroch. Er hatte Keitos Vater aus der Schutzhütte verbannt und ihm aufgetragen, das Feuer die ganze Nacht im Gange zu halten.

Zusammengekauert, mit der dünnen Baumwolldecke über den Schultern, hockte der Vater Stunde um Stunde am Feuer und starrte in die Flammen. Der Singsang des Medizinmannes und der beißende Tabakrauch, der hin und wieder unter dem Moskitonetz hervorquoll, erinnerten den Vater fortwährend an den verzweifelten Kampf seines Erstgeborenen. Seine Gedanken kreisten: „Ich habe die Schlange nicht getötet! Ich habe sie nicht gefunden! Ich muß sie suchen! Ich muß sie töten! Sie töten! Töten!"

Erschreckt fuhr der Vater hoch. Die Hand des Medizinmannes, der sich lautlos genähert hatte, lag schwer auf seiner Schulter.

Das Feuer war in eine dunkelrote Glut zusammengesunken und der erste Silberstreifen des kommenden Tages zog sich im Osten verheißungsvoll über den dunklen Himmel.

„Ich muß eingeschlafen sein", dachte der Vater verwirrt und blickte in das verzerrte Gesicht des Kuranderos. Die Finsternis der Nacht schien sich darin vergraben zu haben.

„Du kannst zu deinem Sohn gehen", sagte der Medizinmann mit heiserer Stimme. Der Vater zuckte zusammen. Es schnürte ihm die Kehle zu. „Ist er . . .? Ist er . . .?" stieß er mühsam hervor. Der Medizinmann schüttelte den Kopf. „Nein, er lebt", erwiderte er mit matter, schwerer Zunge.

Die Mutter hatte die ganze Nacht mit weit geöffneten Augen unter dem Moskitonetz neben ihren beiden Mädchen gelegen und in die Dunkelheit gestarrt. Erbarmungslose Angst um ihren Ältesten jagte sie. Immer wieder tauchte das braune, runde Gesicht ihres Sohnes mit den schelmisch blitzenden Augen und dem strahlenden Lachen in ihrer Erinnerung auf.

„Keito, mein Sohn, du darfst nicht sterben!" beschwor sie dieses ihr so vertraute Gesicht unablässig. „Bleib bei uns!"

Plötzlich verzerrte sich Keitos Gesicht wie in einer spiegelnden Wasserfläche, in die ein Stein geworfen wurde.

Die Gesichter ihrer beiden Kinder, des quicklebendigen kleinen Jungen und des zarten Mädchens mit den verträumten, großen Augen, tauchten auf und verdrängten die Gestalt ihres ältesten Sohnes. Sollte sie nun auch ihren Erstgeborenen verlieren, wie die beiden Kleinen, die kurz nacheinander an derselben heimtückischen Krankheit gestorben waren? Die Mutter seufzte verzweifelt.

„Mutter, ich bin auch wach", hörte sie Awishu leise unter dem benachbarten Moskitonetz flüstern.

Er hatte in unruhigem Schlummer gelegen und war von dem Seufzen der Mutter aufgeschreckt.

„Ja, Awishu, mein Sohn", flüsterte die Mutter verhalten zurück. „Schlaf jetzt, bald ist die Nacht vorbei."

„Mutter, ich habe Angst um Keito", erwiderte Awishu kaum hörbar. „Ja, mein Sohn, ich weiß."

Dann wurde es wieder still in dem Haus auf der kleinen Insel mitten im See. Nur das Licht der Petroleumlampe, die Awishu anstelle seines großen Bruders bei Sonnenuntergang entzündet hatte, flackerte leise.

Hellwach, mit angespannten Sinnen, lag die Mutter unter dem Moskitonetz. Aber als sich der erste Silberstreifen am Osthimmel zeigte, hatte sie einen Entschluß gefaßt, den sie sofort ausführen mußte. Jetzt wußte sie plötzlich ganz klar, wie sie ihrem Erstgeborenen helfen konnte, wenn . . ., wenn er noch lebte!

Damals, als sie an den offenen Gräbern ihrer beiden Kleinen gestanden hatte, hatte sie trotz des tiefen Schmerzes, der sie zu überwältigen drohte, die leise, zögernde Frage des Dorfsanitäters an ihren Mann nicht überhört. „Warum habt ihr mich nicht geholt?" „Der Medizinmann war da!" hatte ihr Mann gezischt. Ja, aber der hatte den Zorn der bösen Geister nicht beschwichtigen können. Beide Kinder hatte sie hergeben müssen. Konnte der Kurandero mit seiner Macht dem Gift der Schlange wehren?

Vorsichtig weckte die Mutter ihre älteste Tochter, die neunjährige Morena. „Du mußt auf das Baby aufpassen!" flüsterte sie. „Ich paddele über den See zum Dorf!"

„Ja, Mutter", gab Morena schlaftrunken zurück. Gleich darauf sank sie in den Schlaf zurück.

Wenig später hörte man das leise Plätschern des eintauchenden Paddelblattes von dem Kanu der Mutter, das rasch über den stillen See glitt.

Der Sanitäter kommt auch

Schon von fern hatte der Vater die Gestalt neben der Mutter erkannt, als er mit seinem Kanu eine kleine Zeit nach Sonnenaufgang die Insel mit seinem Haus ansteuerte. „Was will der Sanitäter hier?" fragte er sich.

Sein Kopf schwirrte von den vielen Anweisungen, die ihm der Medizinmann mit auf den Weg gegeben hatte.

„Eine Mondzeit darfst du keine Machete, deine Söhne keine Flecha anfassen! Niemand außer mir und dir darf zu Keito. Du darfst ihm keinen Tropfen Wasser zu trinken geben, nur gekochten Brei aus grünen Bananen. Das schwarze Tuch, das ich deinem Sohn über die Augen gebunden habe, bleibt so lange da, bis ich es entferne! Dein Sohn darf nichts essen, was in Wasser gekocht wurde! Er darf nur Vögel essen und Fische, die keine Zähne haben! Alles muß gebraten oder geräuchert werden! Gib ihm keine Früchte zu essen!"

Zu allem hatte der Vater schweigend genickt und versucht, sich die Worte des Medizinmannes gut zu merken.

Das Kanu legte an, und der Vater schaute in die angstvoll fragenden Augen seiner Frau.

„Keito lebt", sagte der Vater kurz und warf einen Blick auf den Sanitäter. „Ich gehe mit dir", sagte dieser. „Der Kurandero will nicht, daß jemand zu Keito kommt", wich der Vater aus.

„Ich will es!" bestimmte die Mutter mit fester Stimme, die den Vater stutzen ließ.

„Die beiden weißen Frauen haben mir eine Medizin dagelassen, die gegen das Gift der Schlange wirkt!" sagte der Sanitäter eindringlich.

„Der Medizinmann will nicht die Medizin der Weißen, die an den großen Vater Gott glauben!" gab der Vater zurück.

„Ich will es!" wiederholte die Mutter. „Es ist mein Sohn und ich weiß, die Medizin wird ihm helfen. Vielleicht hilft der große Vater Gott, an den die beiden weißen Frauen glauben, daß Keito am Leben bleibt!"

Wortlos nahm der Sanitäter im Heck seines Kanus Platz. Das kleine Aluminiumköfferchen mit den Medikamenten verstaute er im Schatten der vorderen Sitzbank.

Schweigend blickte der Vater seine Frau an: „Wenn du es so willst", sagte er und fügte die Anweisung des Medizinmannes an seine Söhne, Awishu und Claudio, hinzu, eine Mondzeit die kleinen Holzspeere, ihre Flechas, nicht anzurühren. Eifrig nickten beide.

Dann legte das Kanu des Vaters ab, dicht gefolgt von dem des Sanitäters.

Wie der Vater den Medizinmann kurz nach Sonnenaufgang verlassen hatte, so saß er noch in der Nähe des verlöschenden Feuers. Die Beine übereinander geschlagen, wiegte er seinen Oberkörper zu dem eintönigen Singsang, der wie von selbst aus den leicht geöffneten Lippen stieg. Die Augen waren unbeweglich auf einen festen Punkt in der Ferne gerichtet.

Keinen Ton erwiderte der Medizinmann, als der Vater die Anwesenheit des Sanitäters zu erklären suchte. Der Kurandero schien weit losgelöst in einer anderen Wirklichkeit zu schweben und nichts mehr von seiner Umgebung wahrzunehmen.

Wortlos stieg der Sanitäter in die Schutzhütte und raffte das Moskitonetz hoch. Ein Schwall kalten Tabakrauches und verbrauchter Luft schlug ihm entgegen. Keito lag mit geschlossenen Augen und atmete stoßweise, als der Sanitäter mit äußerster Vorsicht den angetrockneten Umschlag entfernte. Das Bein war prall geschwollen und mit kleinen Bläschen und dunkelvioletten Flecken übersät.

„Ich komme zu spät!" durchfuhr es den Sanitäter.

Er öffnete das Aluminiumköfferchen und klappte eine Blechschatulle auf, in der eine große und eine kleine Spritze nebeneinander lagen. Mit einem alkoholgetränkten Wattebausch reinigte er eine Stelle auf der Innenseite von Keitos Unterarm.

Behutsam verabreichte der Sanitäter den Inhalt der kleinen Spritze in Keitos Arm. Als die Haut auch nach einiger Zeit unverändert blieb, war der Sanitäter sichtlich erleichtert. Langsam gab er Keito das Gegengift aus der großen Spritze in die Armvene.

Dann wandte er sich an den Vater. „Wir wollen den Jungen etwas waschen." Die Arbeit der beiden Männer wurde vom eintönigen Singen des geistesabwesenden Medizinmannes begleitet. Als der Sanitäter das schwarze Tuch, das der Kurandero in der vergangenen Nacht über Keitos Augen gebunden hatte, entfernen wollte, wehrte der Vater ängstlich ab. Der Sanitäter schwieg und ließ das Tuch, wo es war.

„Ich bleibe heute bei deinem Sohn", sagte der Sanitäter, als er einen Topf mit Wasser auf das neu entfachte Feuer stellte.

„Wird Keito leben?" fragte der Vater zögernd. „Ich weiß es nicht! Das Gift der Schlange hat sich im ganzen Körper ausgebreitet. Ich hoffe, das Gegengift kommt nicht zu spät!"

„Ich gehe auf das Feld an der Biegung des Flusses", sagte der Vater unvermittelt, als das Wasser sprudelnd kochte. „Für eine kleine Weile", fügte er hinzu, als der Sanitäter ihn erstaunt anblickte, aber keine Fragen stellte. Er nickte nur.

In einer Tonschale ließ der Sanitäter etwas von dem abgekochten Wasser abkühlen. Dann kniete er sich neben Keitos Lager unter dem schützenden Moskitonetz nieder. Unruhig warf Keito den Kopf hin und her. Er stöhnte bei jedem Atemzug. „Hörst du mich, Keito?" fragte der Sanitäter leise. „Ich bringe dir etwas zu trinken!" Vorsichtig stützte er den Kopf des Jungen mit einer Hand und setzte die Schale mit der anderen an die trockenen Lippen. Tröpfchenweise floß das Wasser in den leicht geöffneten Mund. Ganz allmählich nahm Keitos umschleiertes Bewußtsein die Flüssigkeit auf seiner Zunge wahr, und er begann zu schlucken. Endlich wurde sein Durst, der ihn zu verzehren drohte, gestillt. Die schmerzverzerrten Züge seines Gesichtes entspannten sich ein wenig. „Ich habe dir eine gute Medizin gegeben! Sie wird dir helfen, kleiner Bruder!" sagte der Sanitäter.

Wachsam hockte der Sanitäter neben Keitos Lager. Plötzlich überkam ihn das Gefühl, jemand nähere sich auf leisen Sohlen hinter seinem Rücken. Blitzschnell wandte er sich um und fuhr hoch. Auge in Auge stand er mit dem zornentbrannten Medizinmann. „Was suchst du hier?" zischte dieser mit verzerrtem Gesicht und packte sein Gegenüber an der Schulter. „Ich habe Keito Medizin gebracht!" erwiderte der Sanitäter ruhig. „Ja, Medizin von den weißen Teufeln, die an den fremden Gott glauben!" höhnte der Mann. „Die Medizin der weißen Teufel taugt nicht für uns! Sie tötet! Du wirst es sehen! Die Geister der Nacht werden dich strafen!" „Du weißt, daß die Medizin der Weißen gut ist! Warum hast du deine Söhne und Töchter von der weißen Frau impfen lassen?" „Ach!" stieß der Medizinmann hervor und versetzte dem Sanitäter einen Stoß, wobei er murmelte: „Das habe ich meiner Frau zu verdanken!" Abrupt wandte er sich um.

Sein Blick fiel auf den wassergefüllten Topf. „Du hast dem Jungen Wasser gegeben!" stieß er hervor. „Das ist deine Medizin! Du wirst ihn töten! Ja, sie werden sich rächen, die Geister der Nacht! Sie werden sich rächen!"

Tano hatte den ganzen Morgen vergeblich auf seinen Freund Keito gewartet, mit dem er sich für die Jagd mit dem Blasrohr verabredet hatte. Als die Sonne hoch am Himmel stand, beschloß er, zum Haus seines Freundes auf der Insel mitten im See hinüber zu paddeln. Unruhe hatte ihn ergriffen. Im Dorf hatte sich inzwischen herumgesprochen, daß Keitos Mutter in aller Frühe den Sanitäter geholt hatte. Außerdem war der Medizinmann noch nicht heimgekehrt!

Als Tano über den See paddelte, kam ihm das Kanu des Kuranderos entgegen. „Was ist geschehen?" fragte Tano laut hinüber und erschrak heftig über die verbissene Antwort. „Was geschehen ist? Frag den Sanitäter! Er wird deinen Freund mit seiner Medizin von den weißen Teufeln töten!" „Was ist mit Keito?" schrie Tano aufgebracht in das finstere Gesicht. Der Medizinmann schwieg und paddelte ohne ein weiteres Wort davon.

Hastig ließ Tano sein Paddel durch's Wasser sausen. „Ich muß zu Keito!"

Wie erstarrt blieb Tano in seinem Boot sitzen, als er am Ufer der kleinen, ihm so vertrauten Insel anlegte und Awishu ihm von dem Unglück berichtete. „Er wird sterben! Keito, mein Freund wird sterben!" pochte es in seinen Schläfen, als er das Kanu langsam auf den See hinausgleiten ließ. Eine Träne nach der anderen rollte über seine Wangen und hüllte seine Welt in einen verschwommenen, lichtdurchfluteten Schleier.

Die Sonne hatte schon eine Weile den höchsten Punkt am

Himmel überschritten, als der Vater zur Schutzhütte zurückkehrte. Er schien erleichtert.

In der prallen Mittagshitze hatte er sie entdeckt, wie sie zusammengerollt im Schatten eines gefällten Baumriesen lag. Für ihn war es ein Leichtes, sie zu töten! All seine ohnmächtige Wut und Verzweiflung prasselten in dem Knüppel auf das Genick der Schlange nieder. Später, als der Vater das verendete Reptil in hohem Bogen in die reißende Strömung des Flusses hinabschleuderte, kamen ihm Zweifel. „Vielleicht hat eine andere Schlange meinen Sohn gebissen? Woher weiß ich, ob es diese war?" Aber dann beruhigte er sich mit dem Gedanken, daß vielleicht auch durch diese getötete Schlange die bösen Geister gebannt würden, die seinem Kind nach dem Leben trachteten!

Wettlauf mit dem Tod

„Du mußt ihn fortbringen . . ."

Ein Tag nach dem anderen verging in bangem Hoffen.

Keitos Bewußtsein war schon lange in eine bedrohliche Finsternis gesunken, in der ihn die lockende Stimme seines Vaters nicht mehr erreichte. Weder hörte er den Singsang des Medizinmannes, der jede Nacht neben seinem Lager ertönte, noch spürte er die geübten Handgriffe des Sanitäters während des Tages. Wortlos, mit eisigem Blick, verließ der Kurandero nach Sonnenaufgang die kleine Schutzhütte. Tropfen für Tropfen flößte der Sanitäter dem Todkranken dann abgekochtes Wasser ein und wechselte den Verband am Bein.

Eine häßlich eiternde Wunde hatte sich um den Biß der Schlange gebildet, die sich langsam auf die Knochen hindurchfraß. Ab und zu floß in dünnen Rinnsalen Blut aus Keitos Nase, Mund und Ohren. Dann wieder würgte er einen Schwall davon hoch und erbrach es.

An einem kühlen Morgen, nach einer sternenklaren Nacht, in der der Mond wie ein funkelndes Silberschiffchen am dunklen Himmel gelegen hatte, schüttelte der Sanitäter tief besorgt den Kopf. „Hör zu", sagte er leise zum Vater. „Das Bein wird schwarz, und der Knochen am Unterschenkel liegt offen! Damit kann dein Sohn nicht leben! Du mußt ihn fortbringen, wo es einen Arzt gibt. Vielleicht wird das ihn retten. Ich kann nichts mehr für Keito tun! Er muß in ein Krankenhaus. Es ist eine halbe Mondzeit her, seit die Schlange ihn gebissen hat. Es wird nicht besser mit deinem Sohn!"

Noch am selben Tag legte das schlanke Kanu mit dem kranken Keito vom Ufer des verborgenen Sees ab.

Der Häuptling des Dorfes hatte eilig eine Versammlung einberufen. Er forderte die Männer und Frauen auf, soviel wie möglich von dem spärlichen Bargeld, das sie besaßen, Keitos Vater mitzugeben. Sogar die beiden fremden Lehrer aus der Stadt beteiligten sich an der Sammlung. Tano legte erleichtert die drei zerknitterten Solesscheine, die er von dem einarmigen Flußhändler für das winzige, wuschelige Äffchen bekommen hatte, in das Tuch zu dem übrigen Geld. Endlich konnte er etwas für seinen Freund tun!

In Windeseile bauten einige Männer ein flaches, stabiles Schutzdach aus Palmenblättern, das über dem Mittelteil des Kanus angebracht wurde. Es sollte Keito vor der glühenden Sonne und dem prasselnden Gewitterregen schützen!

Keitos Onkel war sofort bereit, mit dem Vater auf die verzweifelte Reise zu gehen. Der Dorfhäuptling riet den beiden, zuerst die Militärstation, zwei Tagereisen flußabwärts, um Hilfe zu bitten.

„Wir werden uns um eure Familien kümmern!" rief er dem Onkel zu, als das Kanu vom Ufer ablegte.

Männer, Frauen und Kinder blickten dem Boot nach, und Tano flehte fortwährend in seinem Inneren: „Keito, mein Freund, komm wieder! Du mußt leben! Leben!"

Unwillig winkte der Soldat, der am Fluß auf Wachposten stand, dem Kanu mit den beiden Eingeborenen und bedeutete ihnen, weiter zu paddeln. Gerade heute, wo der hohe Besuch aus der Urwaldstadt Iquitos zur Besichtigung gekommen war, konnten sie Indianer, die irgendwelche Waren feilboten oder um Medizin bettelten, nicht gebrauchen! Er hatte für Ruhe zu sorgen und diesen Befehl wollte er gewissenhaft ausführen!

„Verschwindet!" rief er den beiden Männern zu, die ihr Kanu unbeirrt auf den Anlegesteg zusteuerten. „Wir kaufen nichts! Fahrt weiter! Versteht ihr nicht? Verschwinden sollt ihr!" brüllte der Soldat aufgebracht. Er bemerkte nicht, wie sich hinter seinem Rücken der Inspektionstrupp mit dem Oberst an der Spitze näherte.

„Habe ich Ihnen nicht befohlen, am Fluß für Ruhe zu sorgen?" donnerte die Stimme des Kapitäns. Entsetzt fuhr der Soldat herum und starrte in die Gesichter seiner Vorgesetzten. Geistesgegenwärtig riß er sich zusammen und grüßte in vollendeter Form.

„Was wollen diese Männer?" fragte der Oberst und blickte zum Kanu, das eben anlegte. „Sachen verkaufen!" mutmaßte der Soldat irritiert. Warum kümmerte der Oberst sich darum? „Ich werde schon mit ihnen fertig!" sagte er laut.

Der Oberst schien die letzten Worte des Soldaten zu überhören, blickte zu Keitos Vater, der aus dem Kanu gestiegen war und nun das Seil festmachte.

„Was wollt ihr?" Unerschrocken blickte der Vater in das unbewegliche Gesicht des Mannes, der die Frage an ihn gerichtet hatte.

„Ich brauche Hilfe für meinen Sohn", sagte der Vater in verständlichem Spanisch. „Eine Giftschlange hat ihn gebissen!"

„Wo ist dein Sohn?" „Er liegt im Kanu." Der Oberst trat einige Schritte vor, um unter das Schutzdach des Bootes blicken zu können. Schmal zeichnete sich Keitos abgemagerter Körper unter der dünnen Baumwolldecke ab. Auf dem bleichen, eingefallenen Gesicht hatte der Schmerz tiefe Spuren gegraben.

„Wann wurde dein Sohn von der Schlange gebissen?" fragte der Oberst, den der vom Tode gezeichnete Junge, der etwa so alt wie sein Ältester sein mochte, nicht unberührt ließ. „Es ist länger als eine halbe Mondzeit her", erwiderte der Vater.

„Über vierzehn Tage", mischte sich der Kapitän eifrig vermittelnd ein, dem die ganze Situation äußerst peinlich war. Warum übersah der Oberst diesen Indianer in der verschlissenen Hose und dem schäbigen Hemd nicht einfach, wie sie es alle zu tun pflegten? Er trug ja nicht einmal Schuhe und richtig sprechen konnte er auch nicht!

„Ich habe schon verstanden!" fuhr der Oberst seinen Untergebenen ungewöhnlich scharf an. „Wie lange seid ihr mit dem Kanu unterwegs?" „Zwei Tage sind wir gepaddelt, zwei Nächte haben wir geschlafen." Der Oberst nickte und wandte sich an den Kapitän. „Sorgen Sie dafür, daß der Junge zum Sanitäter gebracht wird!"

Die Rotorblätter des geräumigen Militärhubschraubers, in dem der Oberst und seine Begleiter Platz genommen hatten, um noch vor Sonnenuntergang zur Urwaldstadt Iquitos zurückzukehren, liefen auf vollen Touren.

Am Ende des Rundganges hatte der Oberst noch einmal in die Krankenstation geschaut und sich vom Sanitäter über Keitos Zustand unterrichten lassen.

„Mit dem Bein hat er keine Überlebenschance. Er liegt im Sterben." Kurzerhand befahl der Oberst, den todkranken Jungen zum Hubschrauber zu bringen und auf die Rückbank zu betten. Der Vater solle neben dem Jungen Platz nehmen. Vielleicht gab es im Krankenhaus in der Stadt noch Hilfe für das Kind!

Senkrecht stieg der Hubschrauber auf und drehte nach Westen ab, gefolgt von den Blicken des Onkels, der wieder in das Kanu gestiegen war. Einmal hatte Keito ihm anvertraut, wie gern er in einen der großen Vögel steigen würde, die ab und zu in der Ferne über den Urwald donnerten. Der Onkel seufzte. Warum mußte sich Keitos Wunsch auf diese Weise erfüllen? Keito spürte von dem Flug über den Urwald nichts. Weit losgelöst von der Wirklichkeit hielten ihn wirre Fieberträume gefangen.

Warum rissen diese schwarzen Männer an seinen Armen und Beinen? Verzweifelt wehrte er sich gegen ihren Zugriff! Wo wollten sie ihn hintragen? An seinem rechten Bein zog ein besonders kräftiger Mann mit finsterem Blick. Fingernägel gruben sich tief in das Fleisch. Sie fügten ihm so schreckliche Schmerzen zu! Warum ließen sie ihn nicht los?! Sie sollten ihn nicht forttragen! Er hatte keine Kraft mehr, sich zu wehren!

Warum hörten die Trommeln nicht mit dem ohrenbetäubenden Lärm auf, der seinen Kopf zum Zerspringen brachte?

„Laßt mich los!" schrie Keito verzweifelt. Für einen Augenblick verschwanden die schwarzen, unheimlichen Gestalten und das zerfurchte Gesicht seines Großvaters stieg riesig vor ihm auf. „Ich habe dir doch gesagt, du sollst die Sterne nicht zählen! Jetzt mußt du diese Steine zählen! Warum hast du nicht auf mich gehört?" klagte der Großvater und verschwand.

Eine unendliche Öde mit winzigen, runden Steinen, die alle einer dem anderen glichen, eröffnete sich vor seinen Augen. Laut schrie er um Hilfe, als er die vier schwarzen Gestalten langsam über die Steinwüste auf sich zuschreiten sah. Er schrie und schrie, bis sie sich über ihn beugten und ihn jeder in eine andere Richtung fortzerren wollte. Die wahnsinnigen Schmerzen, die sie seinem Körper zufügten, ließen ihn in eine tiefe, undurchdringliche Finsternis stürzen. Stürzen ohne Ende!

„Er hat vielleicht eine Chance, wenn . . ."

Sanft setzte der Hubschrauber zur Landung auf. Kurz vor Sonnenuntergang hatte er die Strecke über der Unendlichkeit der Bäume zurückgelegt, für die das kleine Kanu mit zwei kräftigen Männern an den Paddeln drei Wochen auf den reißenden, gewaltigen Urwaldflüssen, die sich in endlosen Schleifen und Windungen den Weg zum Amazonas bahnten, unterwegs gewesen wäre.

Keito und der Vater wurden in einem Sanitätswagen durch die schwarzschlammigen Straßen geschaukelt. Zielstrebig schlängelte sich das Fahrzeug durch das verwirrende Getümmel. Klapprige Busse, an denen Fenster und Türen fehlten, zerbeulte, hupende Taxis, knatternde Mopeds, dröhnende, stinkende Lastwagen, vom dunklen Schlamm bespritzte Autos, Fahrräder mit Karren vorn und hinten, Händler mit bunt gefüllten Bauchläden, Taschendiebe, die auf Beute lauerten, streunende Hunde und schließlich unzählige Menschen drängten sich in der schmalen, stinkigen Kluft zwischen barackenartigen Holzhäusern. An überladenen Ständen, die zusammenzubrechen drohten, priesen Straßenhändler lauthals ihre Ware an. In farbenfroher Reihe säumten Buden die aufgeweichten Gehwege. Von den Garküchen auf klapprigen Gestellen am Rande der Straße stieg der Dunst von Gebratenem und altem Öl. Aus den weit aufgerissenen Fenstern und Türen der unzähligen Spelunken dröhnte, dudelte und jaulte Musik, als wolle einer den anderen übertrumpfen. Über allem lastete die drückende Schwüle und klebrige Hitze eines vergangenen Tropentages.

Der Sanitätswagen hielt vor dem häßlich grauen Steingebäude des Krankenhauses. Niemand wagte den sterbenden Urwaldjungen mit seinem barfüßigen Vater abzuweisen, als die Trage von zwei Soldaten hereingebracht wurde. Diensteifrig kam der Arzt herbeigeeilt, als die Schwester murmelte: „Von Oberst Colonado persönlich geschickt! Im Hubschrauber aus dem Urwald gekommen!"

Nach einer kurzen Untersuchung wandte sich der Arzt an den Vater. „Hören Sie, Señor, es ist ein Wunder, daß Ihr Sohn noch am Leben ist! Er hat vielleicht eine Chance, wenn wir das Bein sofort amputieren!" „Retten Sie meinen Sohn!" bat der Vater. „Ich habe Geld, zu bezahlen!" „Haben Sie mich verstanden?" fragte der Arzt. „Ich muß das Bein abnehmen!" „Abnehmen?" murmelte der Vater. Sein Junge, der auf die höchsten Bäume stieg und mit den Jagdhunden um die Wette lief, sollte ein Bein verlieren!

„Sind Sie damit einverstanden?" drängte der Arzt. „Mit diesem Bein wird er sterben!" „Sterben?" wiederholte der Vater wie ein verlorenes Echo. „Aber mein Sohn soll leben!" dachte er verzweifelt. „Ja, er soll mit einem Bein leben!" sagte er mit fester Stimme.

Die Schwester mit den gütigen Augen, die unter der steifen, weißen Haube hervorblickten, hielt dem Vater ein Formular hin. Als sie der Mann aus dem Urwald fragend ansah, fügte sie hinzu, sie bräuchten seine Einwilligung für die Amputation des Beines. Dann schien sie plötzlich zu begreifen! Sie holte ein schwarzes Stempelkissen und drückte einen deutlichen Daumenabdruck des Vaters auf das Papier.

Der Arzt gab Anweisungen für die sofortige Operation.

„Wir brauchen Blut", wandte er sich an den Vater. „Ich entnehme Ihnen eine Probe. Vielleicht sind Sie als Spender für Ihren Sohn geeignet!" Der Vater nickte, auch wenn er nicht alles verstehen konnte. Zaghaftes Vertrauen zu dem Mann im weißen Kittel, der ihn nicht einfach mit „du" anredete, sondern „Señor" zu ihm sagte, keimte in ihm auf.

Unbeweglich saß der Vater auf der Holzbank in dem trübbeleuchteten Gang. Er starrte auf die Tür, durch die sie Keito geschoben hatten. Den weißen Emaillebecher, in dem ihm die Schwester einen stark gesüßten, schwarzen Kaffee gereicht hatte, hatte er begierig ausgeleert.

Mit heftigem Schwung flog die Milchglastür auf. Der Arzt im grünen Kittel und mit heruntergezogenem Mundschutz trat auf den Vater zu. „Ihr Sohn hat die Amputation überstanden! Mehr können wir im Augenblick nicht für ihn tun! Kommen Sie morgen früh wieder." „Er lebt?" fragte der Vater angstvoll.

„Ja, er lebt!"

Wieviele Tage er an dem Bett seines Sohnes in dem Kranken-

34

saal mit den vielen anderen Betten gesessen hatte, konnte der Vater später nicht mehr sagen. Wieviele Nächte er die schlaffe Hand seines Erstgeborenen gehalten hatte und Keitos Namen leise flüsternd gerufen hatte, wußte er nicht. Einmal mußte sein Kind ihn doch hören! Einmal mußte er doch die Augen aufschlagen!

Dann saß er wieder vor der Tür mit den Milchglasscheiben und wartete. „Die Wunde ist vereitert! Wir müssen das Bein weiter verkürzen!" hatte der Arzt gesagt. Das Gesicht seines Sohnes schien noch bleicher und eingefallener, als er diesmal in den Krankensaal geschoben wurde. „Er wird die Nacht kaum überstehen", sagte der Arzt zur Schwester. „Der arme Vater!" erwiderte sie leise.

Aber Keito hatte sie überlebt, die kommende Nacht und all die nachfolgenden Nächte und Tage.

Langsam tropfte das dunkelrote Blut seines Vaters aus der Flasche durch den Schlauch in Keitos Armvene. Unmerklich kehrte Farbe in Gesicht und Lippen zurück.

Irgendwann vernahm Keito die Stimme seines Vaters. Aus weiter Ferne sickerte sie durch die undurchdringliche Dunkelheit und setzte sich in seinem Bewußtsein fest. Immer wieder versuchte er, seinem Vater zu antworten und die Augen zu öffnen. Immer wieder stürzte er in das Dunkel. Dann, eines Morgens, tauchte er aus der Tiefe auf, stieß durch die träge Oberfläche der dicken Flüssigkeit, in der er zu schwimmen schien und schlug die Augen auf!

Wie durch den Schleier eines niederprasselnden Gewittergusses sah er das vertraute Gesicht seines Vaters über sich. „Keito, mein Sohn, du bist wach?!" jubelte der Vater verhalten. Mit unendlicher Mühe formte Keito seine Lippen und stieß ein kaum wahrnehmbares „Yaya, Vater!" hervor. Die Augen fielen ihm zu und ein erquickender Schlaf übermannte ihn.

Die Schwester, die eben an Keitos Bett getreten war, hatte die geöffneten Augen gesehen und das für sie unverständliche Wort gehört.

Gebannt blickte der Vater auf seinen Sohn. „Jetzt hat er es geschafft!" sagte die Schwester leise. „Er wird immer wieder aufwachen! Er schläft jetzt!"

Von nun an schlug Keito die Augen immer wieder auf. Langsam kehrte seine Erinnerung zurück. „Da auf dem Feld an der Biegung des Flusses! Die Schlange! Sie hat mich gebissen!"

Was war mit seinem Bein? Warum hatte er Schmerzen im Oberschenkel?

Tastend glitt Keitos Hand unter die dünne Decke über den dicken Verband und strich plötzlich ins Leere. Erneut fuhr Keitos Hand über die Bandagen. Ein zweites Mal endete der suchende Griff in einer Leere, die ihm unbegreiflich war. Tagelang quälte Keito sich und grübelte verzweifelt darüber nach, bis sich die Wahrheit wie ein zielsicher geschleuderter Speer in sein Bewußtsein bohrte. Mit einem Ruck riß er die Bettdecke fort und starrte an sich hinunter. „Es ist weg! Mein Bein ist weg!"

Plötzlich tauchte der magere, gelbbraune Hund, der auf drei knochig dünnen Beinen durch das Dorf hinkte, in Keitos Erinnerung auf. Die anderen Hunde hatten sich immer bellend auf ihn gestürzt, bis irgendein Kind zu Hilfe geeilt kam. „Ein Hund kann mit drei Beinen laufen", dachte Keito, „aber wie läuft ein Mensch mit einem Bein?" Nie hatte er jemanden gesehen, dem ein Bein fehlte. Ja, Don Pedro, der Flußhändler, hatte nur einen Arm. „Wie soll ich mit einem Bein laufen?" dachte Keito verzweifelt und schlief erschöpft ein.

Der Vater hatte in der großen Markthalle eine Arbeit als Träger bekommen. Für einen geringen Lohn — er war nur ein Indianer — lud er den ganzen Tag schwere Reissäcke von schlammbespritzten Lastwagen und schleppte sie in die mäuse- und rattenverseuchte Lagerhalle. Oft dachte er mit Bangen an die Krankenhausrechnung, die mit jedem Tag anstieg.

Am Abend saß der Vater schweigend und müde am Bett seines Sohnes. Die spärlichen Nachtstunden verbrachte er in der Hütte seiner Stammesleute.

Nach etlichen Tagen hatte er sie zwischen den unzähligen Pfahlbauten, die aus einer schwarzen Brühe am Fluß aufragten, gefunden. Schon vor vielen Mondzeiten hatte die Familie das kleine Urwalddorf verlassen, um in der Stadt Iquitos, deren Name wie ein verheißungsvoller Zauber lockte, ihr Glück zu versuchen. Jeden Tag zogen sie in grellbunter Bemalung, in die Innenstadt zur großen Plaza, dem Platz vor der Kirche. Der Mann und die Söhne trugen aufwendigen Federschmuck, die Frau und die Töchter unzählige Ketten, und alle waren mit knappen Grasröckchen angetan. So stießen sie wilde Laute aus und gaben sich als Angehörige eines berüchtigten Kopfjägerstammes aus. Begeistert ließen die bleichhäutigen Touristen ihre kleinen schwarzen Kästchen surren und klicken. Freizügig drückten sie „den Wilden" Geldscheine in die ausgestreckten, fordernden Hände. Jeden Tag konnte der Vater sie dort stehen sehen, wenn er zur Markthalle ging.

Eines Tages, als der Vater nach der Arbeit in den Krankensaal trat, stand Keito vor dem Bett. Gestützt von zwei stabilen Holzkrücken machte er die ersten zaghaften Gehversuche. „Hiermit wirst du laufen", hatte die Schwester gesagt, ihm aus dem Bett geholfen und gezeigt, wie er die Krücken halten mußte. Dann hatte sie ihn allein gelassen. Von neugierigen Blicken seiner Zimmergenossen gefolgt, hatte Keito sich langsam am Bett entlang gearbeitet. Es ging tatsächlich! „Das machst du gut, mein Sohn!" lobte der Vater, obwohl ihn der Anblick der mageren Gestalt mit dem bandagierten Beinstumpf sehr schmerzte.

Keito blickte in das Gesicht seines Vaters und ein zaghaftes Lächeln huschte über seine Lippen. Kleine, glänzende Schweißperlen hatten sich von der Anstrengung auf seinem Nasenrücken gebildet. Erschöpft ließ Keito sich auf sein Bett zurückfallen. Die Krücken landeten polternd auf dem grauen Zementboden. Der Vater hob sie auf und stellte sie behutsam an die Wand.

Keito wollte seinen Augen nicht trauen, als am nächsten Tag sein Onkel und sein fünfzehnjähriger Cousin, der drei Jahre älter war als er, mit dem Vater durch die Tür traten! Gestern, am frühen Nachmittag hatten sie mit ihrem Kanu die Trabantenstadt der Elendshütten, die auf Pfählen aus dem stinkigen Wasser des über die Ufer getretenen Amazonas ragten, erreicht. Fast eine Mondzeit waren sie auf den Urwaldströmen unterwegs gewesen! Der Onkel hatte dem Vater ein gehöriges Bündel Geld überreicht, das vom Verkauf zweier Schweine und einer Sammlung im Dorf stammte. Als der Onkel seinem Neffen die blau-rot schillernde Papageienfeder, die Tano für seinen Freund mitgeschickt hatte, in die Hand drückte, überfiel Keito eine grenzenlose Sehnsucht nach ihrer kleinen Insel im See. Nur mit Mühe konnte er die Tränen zurückhalten. „Ich möchte nach Hause!" sagte er leise.

Noch am selben Abend erkundigte sich der Vater bei der

Schwester, wann er seinen Sohn mitnehmen dürfe. „Sobald die Krankenhausrechnung beglichen ist, kann ihr Sohn entlassen werden. Von Seiten des Arztes steht dem nichts entgegen!"

Dem Vater schwirrte der Kopf, als die Frau in dem karg eingerichteten Büro die Endsumme der Rechnung mit sachlichem Ton verkündete. Sie drückte ihm eine lange Liste in die Hand, auf der jede Spritze, jedes Medikament, jeder Verband, die beiden Holzkrücken neben den Kosten der Operationen und dem Aufenthalt im Krankenhaus aufgeführt waren.

Soviel der Vater mit dem Onkel und dem Cousin, der ihnen die Liste vorlas, am Abend beim Schein der Petroleumlampe auch zählten und rechneten, das Geld reichte nicht! Auch wenn alle drei Arbeit in der Markthalle fänden, würde es noch etliche Tage dauern, bis der Betrag zusammenkam. „Und dann müssen wir noch mehr bezahlen", sagte der Cousin. „Jeder Tag im Krankenhaus kostet!"

Schweigend und ratlos saßen sie da. Der Stammesbruder, in dessen Hütte sie Gastrecht genossen, blickte ab und zu verstohlen herüber. Als die regelmäßigen Atemzüge seiner Frau und Kinder unter den Moskitonetzen zu hören waren, kam er leise zu den Dreien.

„Ich gebe euch das Geld, das noch fehlt", flüsterte er. „Die Touristen geben viel, ich habe genügend! Sagt es nicht meiner Frau!" fügte er mit kurzem Blick auf das Moskitonetz im anderen Teil der Hütte hinzu. „Sie sieht soviele Dinge in der Stadt und will alles kaufen! Alles will sie haben! Ich verstecke das Geld vor ihr. Du kannst es mir später einmal zurückzahlen, wenn wir ins Dorf zurückkehren." Erleichtert willigte der Vater ein.

Verzweiflung, Hilfe und neue Gefahr

„Warum bin ich nicht gestorben?!"

Keito lag unter Deck des flachkieligen Flußfrachters in dem stickigen Halbdunkel der engen Kabine, die er mit seinem Vater, Onkel und Cousin teilte. Das Stampfen der Schleppmaschine, die den vollbeladenen Lastzug im Schildkrötentempo gegen die Strömung der gelbsandigen Fluten des mächtigen Marañons vor sich herschob, dröhnte Tag für Tag in seinen Ohren. Bei Einbruch der Dunkelheit gingen sie in der Nähe des Ufers vor Anker, um beim ersten Tageslicht die Fahrt auf den gefahrbergenden Urwaldströmen fortzusetzen.

Sieben Tage war es her, daß der Vater ihn auf die „Lancha", wie sie diese Flußschiffe nannten, getragen hatte. Auf der langen Fahrt zur Ölgesellschaft im äußersten Norden Perus würde die Lancha auch die Mündung des Flusses passieren, an dem der See mit ihrer Insel einen halben Tag flußaufwärts lag.

Nur zu den spärlichen Reismahlzeiten, die auf Deck gereicht wurden, ließ Keito es sich gefallen, vom Vater oder Onkel hinaufgetragen zu werden. Danach lag er Stunde um Stunde auf der schmalen Koje, bis der Schlaf sich seiner erbarmte.

Mit jedem Tag wuchs Keitos Angst vor der Heimkehr. „Was wird Mutter sagen? Meine Geschwister? Und Tano? Und in der Schule? Fußball? Nie wieder kann ich Fußball spielen und schneller als die Lehrer laufen! Nichts kann ich!" dachte Keito verzweifelt und trommelte mit den Fäusten auf seinen Kopf ein! „Nichts, gar nichts kann ich! Warum bin ich nicht gestorben?" flüsterte er in ohnmächtiger Wut und schleuderte seine Krücken durch das Halbdunkel der Kabine. Laut krachend prallten sie von der Holzwand ab und fielen polternd zu Boden.

Bitteres Schluchzen schüttelte seinen Sohn, als der Vater, durch den Lärm aufgeschreckt, die steile Stiege hinunter eilte und in den Raum trat. Wortlos setzte er sich neben seinen verzweifelten Jungen auf den Rand der Pritsche. Ungelenk strich er über den dichten Haarschopf seines Sohnes.

„Ich will tot sein!" stieß Keito wild hervor. „Ich kann nicht laufen! Ich kann gar nichts! Wie ein Baby hast du mich durch die Stadt tragen müssen! Wie der Hund mit den drei Beinen bin ich! Nein, ich bin noch elender dran als der Köter!" Laut schluchzte er auf, vergrub sein Gesicht an der Schulter des Vaters und weinte hemmungslos. Lange ließ ihn der Vater gewähren und schwieg, bis das Weinen leiser wurde und erschöpfte Müdigkeit über seinen Sohn fiel. Behutsam bettete er ihn auf das schmale Lager zurück. „Hör zu", sagte der Vater fest, „ich will, daß du lebst! Du bist mein erstgeborener Sohn, auf den ich stolz bin, solange ich lebe! Um dein Leben habe ich gekämpft! Nie wieder will ich hören, daß du dich mit einem Hund vergleichst. Du bist Keito, Sohn des Keito und wirst es immer bleiben!" Der Vater schwieg eine Weile und fügte dann hinzu: „Jetzt schläfst du und danach hole ich dich an Deck, damit du laufen übst! In der Stadt habe ich einen Mann gesehen, dem auch ein Bein fehlt. Er ist mit seinen Krücken schnell gegangen und Treppen gestiegen! So wirst du es auch lernen, sogar noch besser!"

Keito wagte seinem Vater nicht zu widersprechen.

Mühsam schleppte sich die Lancha auf den unzähligen kleinen und großen Windungen des Stromes nordostwärts.

Die Mündung „ihres" Flusses erreichten sie an einem schwülen Vormittag, nachdem sie einige weitläufige Sandbänke, die aus dem Wasser ragten und auf denen die graugrünen Alligatoren reglos grinsend in der prallen Sonne lagen, passiert hatten. Fischreiher mit blendend weißem Gefieder stolzierten auf ihren langen Beinen furchtlos vor den großmauligen Reptilien. Keito blickte unverwandt hinüber und lächelte ein wenig über die lässige Unverfrorenheit dieser eleganten, hochstelzigen Vögel.

Die dröhnende Maschine des Schleppschiffes stoppte. Das Kanu wurde mit geübten Griffen zu Wasser gelassen. Zuerst stieg der Onkel die schaukelnde Strickleiter hinab, gefolgt von Keitos Cousin und zuletzt der Vater mit dem Sohn auf dem Rücken.

Die Männer griffen jeder nach einem Paddel. Eilig steuerten sie das Kanu von dem großen Schiff fort.

Claudio stand im seichten Wasser des Sees und erlegte mit seinem Holzspeer einen Fisch nach dem anderen. Die eine Mondzeit, in der er und sein Bruder Awishu keine Flecha anrühren durften, wie der Medizinmann geboten hatte, war lange abgelaufen.

Niemand im Dorf wußte etwas vom Vater oder von Keito. Fast zwei Mondzeiten war es her, daß der Onkel mit dem Cousin im Kanu nach Iquitos aufgebrochen war. Jetzt warteten sie, tagaus, tagein. Irdendwann mußte der große Bruder doch zurückkehren! Er konnte doch nicht für immer fortbleiben!

Stramm paddelten die Männer im Kanu. Vor Einbruch der Dunkelheit wollten sie den See erreicht haben! Keito hatte sich erschöpft auf den Boden des Kanus gelegt und schlief fest, als das schmale Boot über die Wirbel und Strudel in das dunkle Wasser der Enge zum See schoß.

Eifrig sammelte Claudio seine ansehnliche Beute aus dem Kanu in einen Korb. „Für eine Suppe eignen sich die kleinen Fische bestimmt", dachte er zuversichtlich und kletterte auf den umgestürzten Baumstamm, an dem das Kanu befestigt war. Flüchtig glitten seine Augen über den See, der in dem geheimnisvollen Licht der langen Schatten der Sonne lag, die eben die Baumreihe zu berühren schien. Erstarrt, mit offenem Mund und weit aufgerissenen Augen, blieb Claudio stehen. Der Korb mit den Fischen glitt ihm aus den Händen und rutschte ins Wasser, wo er sich langsam vollsog und zu sinken begann.

„Das Kanu da", flüsterte er und blickte gebannt auf die drei Personen, die darin saßen. „Es kommt ganz schnell! Das ist . . .! Das ist . . .! Yaya! Vater!" jubelte es in ihm. „Yaya!" brachte er krächzend hervor. Dann schrie er laut. „Vater kommt!"

Das Kanu hatte die letzte winzige Spanne der langen Reise zurückgelegt und legte an. „Mutter, Awishu, Morena, Merza!" schrie Claudio aus Leibeskräften. „Vater ist da!"

„Ja, ich bin gekommen, Claudio, mein Sohn", sagte der Vater mit fester Stimme. Er stieg aus dem Kanu ins knietiefe Wasser und beugte sich über das Boot. Vorsichtig hob er Keito heraus, der sich benommen umblickte. Der Vater watete ans Ufer.

„Hier, nimm das, Claudio!" rief der Onkel und reichte dem Jungen die beiden Krücken und das spärliche Bündel mit den Habseligkeiten des Vaters.

In Windeseile kam die Mutter mit den Geschwistern zum Ufer gerannt und beugte sich über Keito. Ihren Tränen ließ sie freien Lauf. „Keito, mein Sohn, du lebst! Ich danke dem großen Vater Gott, du lebst!" Mit einem Blick hatte sie erfaßt, warum der Vater ihren Erstgeborenen auf den Armen trug.

Keito konnte die Tränen, die in seine Augen stiegen, nicht unterdrücken. „Mutter", flüsterte er mit erstickter Stimme. „Mutter, mein Bein!" „Du lebst! Keito, mein Sohn! Du lebst!" sagte sie leise und strich ihrem Sohn sanft über das Gesicht.

Der Vater stieg den Balken zum Haus hinauf. Mutter und Keitos Geschwister folgten. Awishu und Claudio wischten sich verstohlen die Tränen von den Augen. Claudio konnte sich nicht erinnern, seinen ältesten Bruder je weinen gesehen zu haben!

Der Vater setzte Keito auf den Boden.

Eifrig begann die Mutter an der Feuerstelle zu hantieren. Schweigend verfolgte Keito ihre anmutigen Bewegungen. Der würzige, appetitanregende Duft des grünen Krautes, das in der brodelnden Fischsuppe schwamm, stieg in seine Nase, und die ruhige, bestimmte Geschäftigkeit seiner Mutter besänftigte Keitos aufgewühltes Gemüt.

Auf der runden Papageieninsel setzte das kreischende Abendkonzert der kleinen gefiederten Gesellen ein, die sich in den hohen Baumwipfeln für die Nacht einrichteten.

Der Mutter entging das flüchtige Lächeln ihres Erstgeborenen nicht. Ihr Sohn war endlich daheim!

Mit der Geschwindigkeit eines herannahenden Gewittersturmes hatte sich die Neuigkeit im Dorf verbreitet: „Keito ist wieder da!" Noch am selben Abend war es in jeder Hütte bekannt: „Keito hat nur noch ein Bein!"

Die jüngeren Kinder brannten darauf, Keito zu sehen, und fragten ihre Eltern, wie man auf einem Bein läuft. Entsetzt hatte Tano seinen Vater angeschaut, als er seiner Familie die brandneue Nachricht aus dem Hause des Onkels brachte, wo fast das ganze Dorf versammelt war.

Begeistert hüpften Tanos kleine Geschwister beim flackernden Schein der Petroleumlampe auf einem Bein durch die Hütte. Sein jüngster Bruder kreischte vor Vergnügen: „Ich hab' nur ein Bein! Ich hab' nur ein Bein!" Wütend fuhr Tano aus seiner Hängematte und schrie: „Seid ihr verrückt! Hört sofort damit auf! Haltet eure Klappe und verschwindet!" Erschrocken trollten sich die Kleinen unter das Moskitonetz. So hatte ihr ältester Bruder noch nie zu ihnen gesprochen!

Einige Tage nach ihrer Rückkehr erinnerte der Vater seinen ältesten Sohn an die Schule. „Ich gehe nicht in die Schule!" antwortete Keito finster.

Als sie am Abend im See badeten, sagte die Mutter zum Vater: „Wir müssen dem Jungen Zeit lassen!" „Ja", erwiderte der Vater. „Es ist schwer für ihn!"

Tag um Tag wartete Tano vergebens, ob sein Freund zum Dorf herüber käme. Mit bangem Herzen paddelte er zu der vertrauten Insel. Keiner der beiden Jungen wußte so recht, was er sagen sollte. Tano ging dann bald wieder, und Keito schien sogar erleichtert. Die folgenden Besuche ging es besser, aber nur selten konnte Tano seinen Freund aus der sachte schwingenden Hängematte locken. Sobald die Geschwister zur Schule aufgebrochen waren, saß Keito dort stundenlang und starrte auf den See hinaus, bis die kleine Merza mit ihrem fröhlichen Geplapper in seine düsteren Grübeleien drang. „Keito, gibst du mir Masato zu trinken?" forderte sie mit treuen Augen. „Schnitz mir einen Vogel!" ein anderes Mal. Oder: „Röstest du mir Bananen am Feuer?"

Einmal bat sie: „Keito, mach mir auch solche Gehhölzer, wie du hast!" Verwundert schaute sie ihren großen Bruder an, der für ihre Bitte nur ein Lachen übrig hatte. Erleichtert atmete die Mutter auf, die zwischen den Manioksträuchern hinter dem Haus die arglose Forderung ihrer kleinen Tochter gehört hatte.

Merza war selig! Ihr großer Bruder schien nur für sie da zu sein! Keito zögerte, als sie bettelte: „Paddel mit mir auf den See!" Aber die Vierjährige ließ nicht locker. So stakte er mit seinen Krücken durch das seichte Wasser und ließ sich vorsichtig ins Kanu. Es ging tatsächlich! Merza jauchzte, als das Kanu unter den kräftigen Paddelschlägen über den See glitt. Noch am selben Tag verlangte Merza, mit Keito im Wasser zu spielen. Verblüfft stellte der Junge fest, daß er mit einem Bein fast so gut schwimmen konnte wie früher. „Deine Gehhölzer können schwimmen!" krähte die Kleine, als sie beide Krükken zu sich ins Wasser zog. „Ich auch!" lachte der große Bruder und fischte seine Krücken wieder auf.

Am nächsten Morgen stieg er zwar mit Herzklopfen in das Kanu, als das dünne Bimmeln der Schulglocke zur Insel herübergetragen wurde. Seinen erstaunt dreinblickenden Geschwistern sagte er aber mit fester Stimme. „Ich gehe zur Schule!" „Au fein!" begeisterte Claudio sich.

Jeden Morgen führte Keitos Weg an dem Haus der beiden weißen Frauen vorbei, die schon seit einiger Zeit, wie in jedem Jahr, im Dorf wohnten. Eines Morgens blickte die eine von ihnen, die Haare wie die Farbe der Sonne hatte, über die kurze Lattenwand der Hütte und bat: „Bruder, komm einen Augenblick herein." „Ja, Pani", antwortete Keito und stieg sicher die Stufen der schiefen Holztreppe hoch. „Pani" nannten sie die beiden Frauen, die aus dem fremden fernen Land kamen und so merkwürdige Namen hatten, die kaum auszusprechen waren. Pani war das Wort für Schwester in seiner Sprache.

„Bruder, sage deinen Eltern, sie möchten uns heute abend

besuchen", sagte die Ältere der beiden, als Keito das Haus betreten hatte. „Du kommst auch mit. Wir möchten etwas mit deinen Eltern und dir besprechen."

„Ja, Pani, ich sage es meinem Vater und meiner Mutter."

An diesem Abend lag Keito noch lange unter seinem Moskitonetz wach. Wie aufgeregt er war! Sie wollten ihn mitnehmen nach Lima, „der großen, fortschrittlichen Hauptstadt unseres Vaterlandes Perú", wie der Lehrer zu sagen pflegte! Die ältere Pani hatte den Eltern von einem Haus in Lima erzählt, wo Beine aus Holz gebaut werden. Mit solch einem künstlichen Bein könne er lernen, ohne Krücken zu laufen! Keito hatte das alles zwar nicht so recht begreifen können, aber das eine hatte er verstanden: Er sollte nach Lima!

Der große Tag

Er konnte es kaum fassen! Der große Tag brach an! Schon seit einer Woche war das Schuljahr zu Ende, und seitdem schaute Keito jeden Tag bei den beiden weißen Frauen rein. Endlich sagten sie lachend: „Morgen geht es los, wenn es nicht regnet!"

Es regnete nicht, als Keito am späten Vormittag das ferne Brummen des kleinen, einmotorigen Flugzeuges wahrnahm. „Avión, avión!" schrie Claudio und wies mit dem Kinn nach Süden, wo im strahlend blauen Himmel der dunkle Punkt rasch größer wurde. „Wir gehen!" sagte Keito bestimmt und wies Claudio an, sein Bündel zum Kanu zu tragen.

In einer eleganten Kurve flog das blau-weiße Flugzeug über den See ein, richtete die silber blitzende Nase auf das Dorf zu und berührte die Wasseroberfläche, die in zwei hellen Streifen aufspritzte. Auf den Schwimmern fuhr es langsam an die Anlegestelle vor dem Haus der weißen Frauen.

Das ganze Dorf war auf den Beinen und stand am Ufer, als Keito mit Hilfe des Piloten auf dem schmalen Rücksitz Platz nahm und angeschnallt wurde.

Die beiden Frauen stiegen ein, und der baumlange Pilot zwängte sich durch die Tür. Der Propeller sprang an und verschluckte jedes Wort, das Keito und den Frauen zum Abschied zugerufen wurde. Gemächlich schwamm das Flugzeug auf den See hinaus. Das Dröhnen des Propellers wurde lauter, und das Flugzeug raste immer schneller über das Wasser. Keito klammerte sich am Gurt fest. Angst und Aufregung packten ihn. Er preßte die Nase am Fenster platt und staunte, wie schnell die Wasseroberfläche an ihnen vorbeiflitzte. In zwei kurzen Hopsern hoben die Schwimmer vom See ab, und das Flugzeug stieg der Sonne entgegen. Lächelnd zog der Pilot eine Abschiedsschleife über dem Dorf, und Keito sah sie alle dort unten wild mit Armen, Tüchern und Hemden winken.

Dann drehte der Pilot ab, an der Papageieninsel vorbei und gleich darauf über ihre Insel mit ihrer Hütte hinweg. „Wie klein unsere Insel ist!" dachte Keito. Die Maschine stieg höher. Hauchdünne Wölkchen zogen unter ihnen dahin. „Ich fliege wie ein Vogel! Ich fliege über den Wolken!"

Eine ganze Weile hielt sich das Flugzeug über dem mächtigen Urwaldstrom. „Wie eine Riesenschlange sieht der Fluß aus!" Keito konnte sich nicht sattsehen. Aus einer schwarzen, runden Wolke regnete es in dichten Streifen auf das saftige Grün. Rundherum schien die Sonne. Ein satter Regenbogen legte sich wie ein Kreis unter das Flugzeug. Keito staunte. „So einen Regenbogen habe ich noch nie gesehen!"

Er war schon schläfrig von dem gleichmäßigen Dröhnen des

Motors geworden, als das Flugzeug sanft zu sacken begann und im rasenden Tempo auf dem grauen Wasser des mächtigen Marañons aufsetzte. Fragend schaute Keito die Pani an. „Es wird Treibstoff nachgefüllt!" rief sie ihm durch den Lärm zu.

Nach kurzer Zeit stiegen sie wieder auf. Keito fielen die Augen zu, und er wachte erst wieder auf, als das Flugzeug kurz vor Sonnenuntergang auf dem großen See bei der Missionsstation aufsetzte.

„Hier wird geschossen!"

Niemand in der kleinen Indianersiedlung, von der Keito am Mittag Abschied genommen hatte, ahnte, welche Gefahr sich noch am selben Tag im Urwald zusammenbraute.

Sie sahen die Soldaten nicht, die aus Hubschraubern stiegen und im äußersten Norden Perús ihr Vaterland verteidigen sollten.

„Soldaten aus Ecuador dringen in unser Land ein", sagte der peruanische Oberst.

„Dieses Stück vom Urwald gehört uns", hieß es im Lager der ecuadorianischen Soldaten. „Wir haben ein Recht darauf!"

Keiner der beiden Seiten jedoch wußte genau, wo die Grenze zwischen Perú und Ecuador verlief. Eigentlich war das in der Unendlichkeit des Urwaldes auch ohne Bedeutung. Die Indianer, die hier seit alters lebten, zogen durch ihre Stammesgebiete, wie es ihnen beliebte. Was kümmerte sie die Grenze, die von Weißen festgelegt war und um die jetzt gestritten wurde?

Doch plötzlich wimmelte es auf dem Urwaldstrom von Booten mit Soldaten. Hubschrauber kreisten über den Bäumen.

Das kleine Kanu, das mühsam flußaufwärts strebte, wurde jäh an der Weiterfahrt gehindert. „Mann, verschwinde, wenn dir dein Leben lieb ist. Hier wird geschossen! Verstehst du? Bumm, bumm!" Wild fuchtelte der Soldat mit dem Gewehr in der Luft herum.

Angst stand auf den Gesichtern seiner Frau und der Kinder, als der Indianer eilends das Kanu wendete und flußabwärts paddelte. Warum versperrten Soldaten die Durchfahrt zu seinem Dorf, das nur zwei Flußbiegungen entfernt lag?

Am nächsten Morgen fielen auf beiden Seiten die ersten Schüsse.

Indianer aus den umliegenden Siedlungen luden ihre Familien samt den wenigen Habseligkeiten in die Kanus und suchten auf dem Fluß so schnell sie konnten das Weite. Mit ihnen verbreitete sich die Nachricht von den Kämpfen und den Soldaten wie ein Lauffeuer in jede Siedlung am Fluß. Immer mehr Kanus strebten aus dem gefährdeten Grenzgebiet, das ihr Stammesland war.

Dauerte es auch fast zwei Tage, bis das erste Kanu das Dorf am See erreichte, für einen Militärhubschrauber war die Entfernung ein Katzensprung.

Unruhe legte sich auf die Einwohner der kleinen Siedlung. Die Zahl der donnernden Ungeheuer, die über den See in Richtung Norden flogen, nahm ständig zu. Als dann auf dem Fluß Boote mit Soldaten gesichtet wurden, verließ eine Familie nach der anderen ihre Hütte am See. „Soldaten bringen Unglück und Tod", sagte der Häuptling auf der Dorfversammlung. „Wir müssen uns in Sicherheit bringen und warten, was wird."

Am dritten Tag nach Keitos Abschied legte das Kanu mit seinen Eltern und Geschwistern von der Insel mitten im See ab.

Claudio blickte zurück und fragte ernst: „Was macht Keito, wenn er nach Hause kommt, und wir sind nicht hier?" Der Vater sah die Sorge in den Augen der Mutter, hatte der Sohn ihr doch aus dem Herzen gesprochen. Er schwieg und dachte: „Vielleicht können wir nie mehr an unseren See zurückkehren, wenn die Soldaten unser Land wegnehmen."

Zwei Welten

In Lima gibt es keine Moskitos

Vier Tage später stieg Keito die Stufen zu der Tür des großen Flugzeuges hinauf. Ihm war beklommen zumute. Noch nie hatte er so ein riesiges Flugzeug gesehen! Alle Leute aus seinem Dorf könnten darin mitfliegen! Keito setzte sich auf den Sitz, den ihm die Pani wies, und schaute durch das Fenster in die Dunkelheit hinaus. „Schade, daß es Nacht ist", sagte die Pani. „Dann kannst du die Anden, das Gebirge, nicht sehen, über das wir fliegen werden." Keito schwieg und fragte sich, was mit „Gebirge" gemeint war.

Er sah die Lichter vom Flughafengebäude vorbeirasen und fühlte sich plötzlich so schwer. In seinen Ohren drückte es. Er blickte zur Pani, die ihm zulächelte. Kühle Luft strömte über seinen Kopf ins Gesicht. Das tat wohl! Er sah hinaus. „Oh, dort ist der Mond. Genau wie zuhause", dachte er. „Wie eine Banane liegt er da!"

Die Pani zog ein weißes Brett aus dem Sitz vor ihm, worauf eine der freundlich lächelnden Frauen einen Becher stellte. „Papayasaft", sagte die Pani, und gierig nahm Keito einen

Schluck nach dem anderen von der orangefarbenen Flüssigkeit.

Später half ihm die Pani den Gurt wieder anzulegen, nachdem die tiefe Stimme eines Mannes, der nirgendwo zu sehen war, dessen Worte aber alle im Flugzeug hören konnten, etwas in Spanisch und darauf in einer anderen Sprache gesagt hatte. Ganz deutlich hatte er es gehört! „Lima" hatte der unsichtbare Mann gesagt. Den Rest konnte er nicht verstehen. „Gleich landen wir in Lima", sagte da die Pani. Keito blickte hinaus. Nichts war zu sehen! Alles dunkel! Auch der Mond war verschwunden! „Lima, die große, fortschrittliche Hauptstadt eures Vaterlandes Perú", hörte er die Stimme des Lehrers in seiner Erinnerung.

Oh, war das schön! Unzählige Sterne blinkten und funkelten plötzlich unter ihnen auf. „Dieses große Flugzeug kann über den Sternen fliegen", dachte Keito und starrte gebannt in das flimmernde Lichterfeld. „Sie kommen näher! Sie werden größer! Wir fliegen durch die Sterne!" Die Pani beugte sich über seine Schulter und blickte durch das Fenster. „Lima!" sagte sie kurz. „So große Sterne habe ich noch nie gesehen! Da sind auch rote, grüne und blaue! Und ganz lange und große! Manche bewegen sich!" Verwirrt blickte Keito hinab. Was waren das für riesige schwarze Kästen, auf denen die Lichter saßen? Waren das keine Sterne? Nein, das mußte Licht sein! Licht, das man an dem kleinen, weißen Ding an der Wand mit einem „Klick" anmachte und wieder ausmachte. Anmachte! Ausmachte! So oft man wollte.

Der sanfte Ruck riß Keito aus den Gedanken. „Wir sind gelandet!" sagte die Pani. „Aber wo ist denn nun Lima?" fragte Keito sich verwundert.

Als die Pani mit Keito in dem hastigen Menschenstrom, der sich aus dem Flugzeug ergoß, durch das riesige, hell erleuchtete Flughafengebäude lief, mußte sie den Jungen immer wieder erinnern, weiter zu gehen. Keito war überwältigt. Gebannt schaute er nach rechts, links, blieb unvermittelt stehen und drehte sich um. „Kannst du nicht aufpassen?" murmelte ein eiliger Passant unwillig, der fast über die Krücken gestolpert wäre.

Sie kamen an eine große runde Scheibe, die sich langsam drehte und auf der viele Gepäckstücke lagen. Dicht drängten sich die Leute und griffen einen Koffer, eine Tasche oder ein geschnürtes Paket.

Da, was war das? Jetzt erst hatte Keito es entdeckt. Aus einer Öffnung in der Mitte der drehenden Insel kam mit einem Schwung ein Koffer nach dem anderen. Lachend blickte Keito darauf. „Jemand wirft da die Sachen raus und dreht das Ding!" dachte er.

„Da kommt dein Koffer!" unterbrach die Pani seine Gedanken. Tatsächlich, das war der kleine, blaue Koffer, der ihm auf der Missionsstation geschenkt worden war! Einige bunte Hemden und zwei Hosen hatten darin gelegen. Später war noch ein Stapel Kleidung dazu gekommen, so daß der Koffer prall gefüllt war. So viel hatte er in seinem ganzen Leben noch nie besessen!

Mit flinkem Griff schnappte die Pani das blaue Gepäckstück von der kreisenden Silberinsel und kurz darauf ihren eigenen Koffer.

Der Mann in der Uniform winkte ihnen zu passieren. Die Pani lächelte und schien erleichtert. Sie ließen den langen Tresen hinter sich, auf dem Zollbeamte geöffnete Gepäckstücke durchsuchten.

„Was machen die?" dachte Keito und hielt sich dicht hinter der Pani. Eben zwängte sie sich durch ein Gittertor, das ein uniformierter Mann einen Spaltbreit öffnete. Wie ein Bienenschwarm hing eine Menschentraube davor. Die Leute drängten von allen Seiten heran. „Was wollen die?" fragte Keito sich.

Die Pani schien das Gewühl nicht zu stören. Langsam bahnte sie ihm und sich den Weg. „Taxi! Taxi!" schrieen einige Männer. Andere hielten ihr Papierstücke unter die Nase und riefen „Hotel! Hotel!"

Keito hatte weder das eine noch das andere Wort jemals gehört! „Ja, Taxi", hörte er die Pani sagen. Der kleine, dicke Mann neben ihr nannte einen Preis. Die Pani lächelte verschmitzt und bot die Hälfte. Verblüfft blickte der Mann sie an, erwiderte mit einem Schmunzeln: „Si, ja" und griff sich die beiden Koffer, die die Pani bisher getragen hatte. Nur mit Mühe konnten sie dem Mann folgen. Eiligen Schrittes hastete er durch die Halle auf den Vorplatz. Mit großen Augen schaute Keito sich um. In langer Reihe standen Autos. Der Mann legte in eines von ihnen ihre Koffer. Auf dem Dach des Fahrzeuges funkelten gelb leuchtende Buchstaben.

„Taxi", entzifferte Keito still. „Das Auto hat einen lustigen Namen! Es heißt Taxi!" „Komm, kleiner Bruder", sagte die Pani, „steig ein!" Sie setzte sich neben ihn. Der kleine, dicke Mann schob sich vorne auf den Sitz und los ging's! Scharf nahm er die erste Kurve und fuhr durch das große Tor auf eine breite Straße hinaus. Lässig ließ er einen Arm, mit dem er von Zeit zu Zeit wild herumfuchtelte, aus dem geöffneten Fenster hängen. Keito blickte angestrengt hinaus. Überall Autos! Dicht neben ihm, vor und hinter ihnen!

Endlos schien sich die Fahrt hinzuziehen. Das Auto raste und hielt. Raste wieder und hielt. Keito schwieg. Er sah so viele Dinge, für die er keinen Namen hatte. Er hatte so viele Fragen! Er war so müde!

Unruhig wälzte Keito sich von einer Seite auf die andere. Er war so müde und konnte doch nicht einschlafen. „Etagenbetten", hatte die Pani diese Schlafebenen genannt, die übereinander lagen und gesagt, er könne wählen, ob er oben oder unten schlafen wolle. Begeistert hatte er sich auf die obere Schlafmatte gezogen.

„Ein Moskitonetz brauchst du nicht", hatte die Pani bemerkt. „In Lima gibt es keine Moskitos."

Dann hatte sie ihm gezeigt, wo die „Schalter" an der Wand waren, auf die man drückte, damit es hell wurde. Er hatte es gleich nachgeprüft.

Auch in dem kleinen Zimmer, das „Bad" genannt wurde, konnte man so Licht machen!

Über einer blanken, weißen Schüssel kam Wasser aus der Wand, wenn er an einem glänzenden Knopf drehte. „Hier kommt kaltes, hier heißes Wasser", hatte die Pani erklärt. „Roter Punkt, heißes Wasser!"

Begeistert hatte Keito das Wasser laufen lassen. Es war so, wie die Pani sagte. Er hatte sich fast die Finger verbrüht! Aber wo war das Feuer, mit dem das Wasser heiß gemacht wurde?

Die Pani hatte den Hahn wieder zugedreht und ihm gezeigt, wie er die „Toilettenspülung", wie sie es nannte, bedienen konnte. Das war noch interessanter! Draufdrücken auf den Hebel und mit einem Schwall brauste das Wasser heran!

Damals im Krankenhaus hatte er zum ersten Mal eine Toilette gesehen. Ganz zuletzt als er einige Schritte mit den Krücken laufen konnte, hatte ihn die Schwester dorthin geführt. Zuhause ging man auf die andere Seite der Insel, wo man nicht gestört wurde, grub mit der Machete ein kleines Loch und warf es anschließend wieder zu.

Unruhig warf Keito sich herum. Warum konnte er nicht einschlafen? Von draußen kamen so viele fremde Geräusche.

Nein, das war nicht der lockende, geheimnisvolle Schrei des Nachtvogels! Das war nicht das Schwirren und Zirpen der unzähligen Grillen oder gar das gemütliche, beruhigende Gequake der dicken Frösche im See!

Durch das Fenster fiel Licht. „Vielleicht wird es in Lima niemals Nacht?" fragte Keito sich. Vergeblich lauschte er auf die regelmäßigen Atemzüge seiner Geschwister. Noch nie in seinem Leben hatte er alleine geschlafen! Ihm fehlte das Moskitonetz, ohne das er sich schutzlos vorkam.

Lautes Dröhnen und pfeifendes Heulen ließ ihn hochschrecken. Diesen ohrenbetäubenden Lärm kannte er schon vom Flughafen.

Fest zog er die Decke über die Ohren. Endlich übermannte ihn ein unruhiger Schlaf mit wirren Träumen.

Als die Pani das Zimmer betrat, lag Keito in tiefem Schlaf, der gegen Morgen über ihn gekommen war.

„Komm, Keito, steh auf, ich zeige dir etwas, das dir bestimmt gefallen wird!" lockte sie den verschlafenen Jungen.

Wie es ihm gefiel! Brausend strömte warmer Regen auf ihn herab. Immerfort! Wenn er wollte, konnte er den Regen kühler, sogar kalt werden lassen oder so heiß, daß es auf der nackten Haut schmerzte.

Er konnte das Wasser abstellen, anstellen, abstellen, anstellen! Heiß, kalt, heiß, kalt! Der Regen gehorchte ihm! Er brauchte nur an den Knöpfen mit dem blauen und roten Punkt zu drehen!

Das Becken unter ihm füllte sich mit Wasser. Wohlig aalte Keito sich darin, ließ den warmen Regen unaufhörlich niederprasseln und vergaß die Welt um sich herum.

„Oh, kleiner Bruder!" hörte er die Pani plötzlich erschreckt rufen. „Dreh das Wasser ab! Du überschwemmst alles!" Jetzt erst blickte Keito über den niedrigen Rand der großen Schüssel und staunte. Überall auf dem Boden in dem Zimmer, das sich „Bad" nannte, war Wasser. Lustig floß es unter die Tür hindurch. „Es ist Regenzeit!" rief Keito lachend, zog sich an der blanken Stange an der Wand hoch und drehte an den Knöpfen. Der Regen wollte nicht gehorchen. Wie kalt das Wasser wurde! „Der Regen verschwindet nicht!" rief Keito. „Versuch es mal anders herum!" schlug die Pani aufgeregt vor. Ach ja, anders herum. „Fertig! Kein Regen mehr! Jetzt ist Trockenzeit!" Die Pani lachte vor der Tür. „Besonders trocken sieht es nicht aus!"

Keito blickte auf seinen Fuß hinunter, an dem ein weißer Stoffschuh mit zwei blauen Streifen saß. Das war schon ein ungewohntes Gefühl! Noch nie in seinem Leben hatte er Schuhe besessen, und diesen hatte er sich selber ausgesucht. Die Pani trug den Karton, in dem der zweite Schuh war, den er niemals brauchen würde.

„Es ist besser, wenn du in der Stadt einen Schuh trägst", hatte die Pani gesagt. „Die Wege sind nicht weich wie im Urwald und oft sehr schmutzig, oder es liegen Glasscherben herum." Keito hatte abwesend genickt und die unzähligen Schuhe bestaunt, die überall um sie herum auf Regalen standen.

Und jetzt waren sie auf dem Weg zum Meer. Keito hielt sich dicht neben der Pani auf dem Bürgersteig. Zu ihrer Rechten floß in mehreren Spuren ein nicht abreißender, lärmender Strom von Autos, Lastwagen, überfüllten Bussen, hupenden Taxis, knatternden Motorrädern, Lieferwagen aller Art und Fahrräder mit großen Lastkarren. Immer wieder blieb Keito stehen, um zu schauen. Der Kopf dröhnte ihm vom Lärm und seine Ohren, die auf das leiseste Geräusch im Urwald geschult waren, gellten beim aufreizenden Gehupe, das den Verkehrsstrom begleitete.

Als die Straße wie ein Urwaldfluß eine Biegung machte, sagte die Pani: „Jetzt müssen wir auf die andere Seite. Dann ist es nicht mehr weit."

Entgeistert blieb Keito stehen und blickte zur Pani auf. Nein, in dieses dröhnende, hupende Gewühl von Rädern würde er nicht einen Schritt tun! Da kann auch die Pani nicht durch! Was erzählte sie nur? „Auf die andere Seite?" wiederholte Keito fragend.

„Ja, da drüben ist das Meer!" Keito blickte hinüber. Da waren nur Häuser, nichts als Häuser. Vom Wasser, das sich Meer nannte, keine Spur! Und diese vielen Autos vor seiner Nase! „Ich bleibe hier!" sagte der Junge fest. „Ich gehe nicht in die Autos!" Die Pani nickte. „Das brauchen wir nicht, kleiner Bruder. Gleich bleiben alle stehen!"

Als hätte die unendliche Fahrzeugschlange die letzten Worte gehört, stockte sie plötzlich und kam zum Stehen. „Komm, Keito", forderte die Pani ihn auf. Zögernd folgte er ihr, um dann immer schneller auf die andere Seite zu hasten. Mit einem großen Schwung ließ er seine Krücken auf die hohe Bordsteinkante gleiten und atmete erleichtert auf. Die Autos standen immer noch!

„Siehst du da drüben das grüne Licht, das wie ein kleiner Mann aussieht?" fragte die Pani und wies hinüber. Keito schwieg und suchte mit den Augen.

„Ja, sehe ich! Oh, jetzt ist der Mann rot!" Erschreckt wich Keito einen Schritt zurück. Unter lautem Gehupe setzte sich der stinkende Verkehrsstrom in Bewegung. Die Pani erklärte ihm, was es mit dem grünen und roten Männchen auf sich hatte. Als sie geendet hatte, antwortete Keito: „Ich will das noch einmal sehen, daß alle Autos stehen bleiben."

Gespannt, den Oberkörper leicht nach vorne über die Krükken geneigt, stand der Junge aus dem Urwald an der verkehrsreichen Straße und blickte auf das Männchen, das wie von Geisterhand die Farbe wechselte.

Keito und die weiße Frau durchquerten einen kleinen Park. Zwischen den Beeten mit Blumen, die Keito nie zuvor gesehen hatte, führten Kindermädchen in hellblauen Kitteln und mit streng zurückgekämmtem Haar, sauber gekleidete Jungen und Mädchen, die wie kleine Erwachsene einherschritten. Ein junges Kinderfräulein schob stolz eine elegante Sportkarre vor sich her, in der ein blondgelocktes Mädchen vor sich hinkrähte.

Gebannt blieb Keito stehen. Er wußte nicht, was er mehr bewundern sollte, die wunderschöne, fremdartige Kleine oder den merkwürdigen Wagen, in dem sie saß. Keito lachte hell auf, als das Mädchen wild mit den Armen zu rudern begann und freudige Jauchzer ausstieß. Doch plötzlich nahm sein Gesicht einen traurig verschlossenen Ausdruck an. Er mußte an die vierjährige Merza und seinen Babybruder denken, die kaum ein Kleidungsstück oder gar so ein buntes Spielzeug besaßen, das die Kleine begeistert in den Händen hielt.

Keito und die Pani erreichten den Maschendrahtzaun am Ende des Parkes. Dort blieben sie stehen und Keito blickte neugierig durch die angerosteten Maschen.

Einige Schritte hinter dem Zaun öffnete sich ein jäher, steiler Abgrund. Gebannt schaute Keito hinunter, direkt auf die tosenden und brausenden Wellen des Ozeans, die sich in der wilden Brandung brachen und zu Füßen der hohen Steilküste aufliefen.

Sein Blick schweifte von den Wellen über die sonnenfunkelnde Fläche des Meeres, die bis an die Unendlichkeit des Horizontes reichte. Angestrengt starrte er auf die gleißende

Weite hinaus und suchte in der Ferne vergeblich nach einem Ufer.

Lange schwieg er, lauschte dem Tosen des Meeres, das gedämpft zu ihnen heraufdrang, hielt sein Gesicht dem erfrischenden Wind entgegen, der von der See blies, verfolgte den wilden Flug der kreischenden Möven und die elegante Formation einer Schar weißer Pelikane.

„So ein großes Wasser habe ich noch nie gesehen", murmelte Keito vor sich hin. „Es wird Pazifik genannt", sagte die Pani leise. Siehst du dort draußen die kleinen schwarzen Flekken?" fragte sie dann. Keito nickte lebhaft. Mit seinen scharfen Augen hatte er diese winzigen Punkte, die sich zwischen den Wellen auf und ab wiegten, längst ausgemacht.

„Das sind Fischerboote", sagte die Pani. „Fischerboote", wiederholte Keito gedankenverloren und heftete seinen Blick fest auf eines von ihnen. Auf und ab, auf und ab tanzte es inmitten der hellen Fluten.

In Sekundenschnelle versetzten ihn die Gedanken zurück in sein Heimatdorf mitten im Urwald, über viele Hundert Kilometer hinweg in den äußersten Norden Perús. Wie oft war er mit dem Kanu zum Fischen auf dem See gewesen. Noch gut konnte er sich an den Tag erinnern, als er mit dem Vater und den Männern des Dorfes in der Nacht zum Fischefangen war . . .!

Kanu, Blasrohr und Masato

Keito lag ganz still im Dunkeln unter seinem Moskitonetz. Er lauschte den vertrauten Geräuschen der Nacht. Dicht neben ihm lagen seine beiden jüngeren Brüder Claudio und Awishu. Sie schliefen fest. Da hörte er auch schon die leisen

Schritte seines Vaters. Das weiche Holz des Bodens gab sanft unter seinen Fußsohlen nach und knarrte kaum hörbar.

„Keito, bist du wach? Komm, wir wollen los", sagte der Vater leise. „Ja, Vater, ich komme", flüsterte Keito zurück und schlüpfte unter dem Moskitonetz hervor. Vorsichtig steckte er es wieder unter der Schlafmatte fest. Dann ließ er sich von der erhöhten Schlafebene auf den Boden gleiten und war auch schon bereit, mit dem Vater zu gehen. Er trug Tag und Nacht dieselbe Hose und dasselbe Hemd. Schuhe besaß er keine.

Flink stieg Keito den breiten Balken mit den eingekerbten Stufen hinunter. Vorbei ging es an den Sträuchern, auf denen die Hühner schliefen, zum Ufer des Sees. Vor ihm lag die kleine Anlegestelle mit dem dicken gefällten Baum, der ein paar Schritte ins Wasser ragte. Drei Kanus waren dort festgemacht. Der Vater war schon in das Größte davon gestiegen und wartete schweigend. Keito packte das Boot mit festem Griff, schob es vollständig in das Wasser und sprang dann selbst hinein. Mit kräftigen Schlägen entfernten sie sich vom Ufer. Hinter ihnen lag die kleine Insel mit ihrem Haus auf dem Hügel.

Es dauerte eine ganze Weile, bis sie auf die andere Seite des Sees zu dem schmalen, ruhigen Flußarm gelangten. Hier wollten sie fischen. Die Nacht war günstig. Der Mond war nur eine kleine Sichel. Jetzt sah Keito die anderen Kanus, die wie geheimnisvolle Schatten über das Wasser huschten. In dem einen saß sein Freund Tano und dessen Vater. Genau wie Keito war Tano der Älteste von seinen Geschwistern und damit die rechte Hand seines Vaters. Wortlos winkte Keito seinem Freund.

Die Männer hatten den Fluß an einer schmalen Stelle schon fast mit ihren Netzen abgesperrt. Nur das Netz von Keitos

Vater fehlte noch. Schnell ließen sie es ins seichte Wasser gleiten. Niemand hatte bisher ein Wort gesprochen. Tano und sein Vater paddelten quer über den Flußarm und warfen händeweise zerstoßene Blätter und Äste, die sie mitgebracht hatten, ins Wasser. Die anderen Männer und Keito versuchten, mit ihren Paddeln am schilfigen Ufer die Fische aufzuscheuchen und in die Netze zu treiben. „Jetzt dauert es nicht mehr lange!" sagte der Vater zu Keito, der gespannt wartete. Schon wurde das Wasser lebendig. Fische schossen heraus, schlugen hin und her und verwandelten den stillen Seitenarm in einen quirligen Bach. Doch nur kurz währte diese plötzliche, gespenstische Unruhe.

Das Gift aus den zerkleinerten Blättern und Zweigen wirkte schnell und lähmte die Fische. Reglos trieben sie zu den Netzen. Keito wußte, eigentlich war es verboten, mit dem Strauchgift Fische zu fangen, weil dabei auch die junge Fischbrut zugrunde ging. Aber so war das Fischen ergiebiger und schneller als mit der Angelschnur.

Noch scheuchten die Männer einige Fische aus ihren Schlupfwinkeln und warteten, bis sie reglos auf der Wasseroberfläche trieben. Dann glitten die Kanus flink hin und her, wobei die Männer die Fische mit den Händen einsammelten. Zuletzt wurden die triefenden Netze eingezogen und die verfangene, leblose Beute herausgeholt.

„Viele Fische sind es nicht", meinte einer der Männer. Die anderen nickten, griffen nach ihren Paddeln, und schon waren sie wieder auf dem See. „Bis später, Bruder!" „Ja, Bruder, bis später!" verabschiedeten sie sich voneinander.

Die Kanus strebten in die verschiedenen Richtungen davon und verschwanden in der Dunkelheit. „Bis später, Tano!" rief Keito in die nächtliche Stille. „Ja, bis später, mein Freund!" scholl es zurück.

Der Vater und Keito schwiegen. Ihr Kanu glitt schnell durch das Wasser. Der leichte Morgenwind hatte eingesetzt. Gleich würde der neue Tag schlagartig mit dem raschen Sonnenaufgang beginnen. Von überall hörte man die Hähne krähen. Von der Papageieninsel, die mitten im See lag, tönte das hundertfache Gekreische der kleinen grünen Vögel. Jeden Morgen kündeten sie so den Sonnenaufgang an. Sobald die Sonne über dem Urwald aufgehen würde, und der Dampf aus den Bäumen stieg, würden sie unter lautem Geschrei losflattern; immer zu zweit als Pärchen. Am Abend kehrten sie von der Nahrungssuche zurück und verabschiedeten die Sonne mit ihrem Lärm. Solange Keito sich erinnern konnte, war es jeden Tag so.

Das Kanu stieß auf den Grund an der Anlegestelle. Keito sprang heraus, nahm das Seil und knotete es an der Wurzel fest. Der Vater folgte mit dem Netz, in dem die Fische waren.

Im Haus machte sich die Mutter schon an der Feuerstelle zu schaffen. Mit dem großen, geflochtenen Fächer weckte sie das Feuer zu neuem Leben, bis es zwischen den drei dicken Holzstämmen zu prasseln begann. Dann setzte sie den Topf darauf, der halb mit Wasser gefüllt war. Rasch schälte sie mit der Machete, dem langen Buschmesser, mehrere Hände voll Bananen, zerkleinerte sie und warf sie ins siedende Wasser. Keito nahm den geschnitzten Holzlöffel und rührte kräftig. Er freute sich auf den süßen, heißen Bananenbrei, den alle Chapo nannten. Der Vater hatte sich neben der Feuerstelle auf den Boden gesetzt und wartete nun, bis seine Frau ihm eine Schale heißen Chapo reichte.

Jetzt tauchten auch Keitos Brüder unter dem Moskitonetz hervor, angelockt von dem guten Duft des Bananenbreies.

Claudio schüttelte leicht an dem zweiten Netz, unter dem die beiden Schwestern schliefen. „Paninikuna, meine Schwestern", rief er, „kommt, es gibt Chapo!"

Nach einer kleinen Weile saßen der Vater, Keito, seine beiden Brüder, die zwei Schwestern und die Mutter mit dem Baby auf dem Boden neben der Feuerstelle. Die Mutter hatte jedem eine Schale heißen Chapo gereicht, zuerst dem Vater, dann Keito und danach den anderen Geschwistern.

Inzwischen war es hell geworden. Die Sonne stieg hinter den Bäumen hervor. Der Tag war ohne Dämmerung angebrochen.

„Ich fahre rüber auf unser Feld an der Flußbiegung", sagte der Vater. „Ich will dort noch ein paar Bäume fällen. Bis später", verabschiedete er sich. Er trug die große Axt und eine Machete.

Keito war sich noch unschlüssig, wie er den Tag verbringen wollte. Er hatte gespürt, daß der Vater beim Weggehen ein wenig gezögert hatte, ob er nicht mit ihm zum Feld ginge. Aber Keito hatte so getan, als merkte er es nicht. Keito erhob sich aus dem Schneidersitz. „Ich gehe zu Tano", sagte er, „vielleicht können wir Vögel oder einen Affen schießen."

„Wir gehen mit dir", meinten seine beiden Brüder begeistert. „Also gut", gab Keito klein bei. Eigentlich wäre er lieber mit seinem Freund allein gewesen. Die beiden Brüder machten oft Lärm bei der Vogeljagd. Awishu war mit seinen zehn Jahren gerade zwei Jahre jünger als Keito. Mit ihm ging es schon ganz gut. Aber mit Claudio war das anders. Er war gerade erst sieben und damit in Keitos Augen noch sehr jung. Keito fühlte sich mit seinen zwölf Jahren fast erwachsen. Als Ältester von seinen Geschwistern kam er gleich nach dem Vater. Das wußte er.

Vielleicht konnten sie Claudio bei Tanos Geschwistern

abhängen. „Gut", sagte Keito noch einmal und ging, um sich das Blasrohr zu holen, das unter den Latten des Palmenblätterdaches steckte. Das Blasrohr hatte ihm sein Vater gefertigt und es war doppelt so lang, wie Keito groß war. Keito griff den Köcher mit den winzigen Blasrohrpfeilen, die an der Spitze einen giftgetränkten Baumwollbausch trugen. „Wir gehen", sagte er dann. Awishu und Claudio folgten ihm. „Keito, bestelle deiner Tante im Dorf, daß ich später komme, um ihr beim Masatobereiten zu helfen", rief die Mutter herüber. „Ja, mache ich."

Die drei Brüder stiegen ins Kanu. Keito legte das Blasrohr sorgfältig auf den Boden nieder, den Köcher daneben. Dann griffen er und Awishu jeder nach einem Paddel und stießen vom Land ab. Claudio saß in der Mitte des Kanus und ließ eine Hand ins Wasser hängen. Keito blickte zurück. Am Ufer sah er seine Mutter mit den beiden Schwestern. Morena wusch die Schalen, aus denen sie den Bananenbrei getrunken hatten. Mutter brachte etwas Wäsche, hauptsächlich die Tücher vom Baby, in das kleine Kanu, um später alles zu waschen. Merza hockte schon in dem Boot und schöpfte mit einer Kalebassenschale Wasser heraus, das sich am Boden gesammelt hatte.

Die Mutter sah das Kanu mit ihren drei Söhnen hinter die Papageieninsel gleiten. Sie war stolz auf Keito, ihren Erstgeborenen. Er war so selbständig und eine große Hilfe für sie, wenn der Vater für Wochen oder gar Monate fortging, um für einen Patron zu arbeiten. Die Mutter lächelte leicht und ging hinter das Haus. Merza tappte ihr geschwind nach. Hinter dem Haus befand sich ein kleines Feld mit fast mannshohen Manioksträuchern. Die Mutter riß einen davon aus und grub geschickt mit der Machete die großen eßbaren Knollen aus der Erde. Sie zerschnetzelte die Wurzeln in kleine Stücke und warf sie den Hühnern hin, die von allen Seiten herbeigelaufen kamen. Auch das Schwein, das hinter der Hütte am Ufer in einem Pferch hauste, bekam eine gute Portion.

Wenn das Schwein gemästet war, wollten sie es bei der Ölgesellschaft, die fünf Tagereisen mit dem Kanu flußaufwärts lag, verkaufen. Das brächte etwas Geld für Stoff, Kernseife, Salz und Patronen für das Gewehr des Vaters.

Die Mutter stieg den Balken zum Haus hinauf und holte den großen Topf mit den Fischen, die der Vater und Keito in der Nacht heimgebracht hatten. Sie ging damit an den See, setzte sich in das kleine Kanu und säuberte, von Morena unterstützt einen Fisch nach dem anderen. Die ausgenommenen Eingeweide warfen sie den Hühnern und Hunden hin, die sich gierig darauf stürzten.

Gleich darauf machten die Mutter und Morena sich daran, die paar Stücke Wäsche, die im Kanu bereitlagen, im See zu waschen. Kräftig wurden sie mit Kernseife abgebürstet und im Wasser ausgespült. Morena breitete dann die gut ausgewrungene Wäsche auf den Sträuchern am Ufer aus, wo sie sehr schnell in der prallen Sonne trockneten.

„Fege den Boden im Haus und räume die Moskitonetze weg", gab die Mutter Anweisung. „Ich hole Blätter und Hölzer für die Fische." „Ja, mache ich", gab Morena willig zurück und ging daran, die Moskitonetze und die Schlafmatten aufzurollen. Dann zog sie alles an einem Strick hoch, bis die Bündel am Balken unter dem schrägen Palmenblätterdach hingen. Abends würde alles wieder heruntergelassen werden, und im Handumdrehen war die Schlafstelle bereit.

Morena griff den Besen, der aus zusammengebundenen Zweigen bestand, und fegte mit kräftigen Bewegungen den Boden. Das Fegen machte Spaß. Der meiste Schmutz fiel gleich durch die kleinen Ritzen zwischen den Holzplanken unter das Haus. Merza hatte sich auch einen Zweig besorgt und half tüchtig mit. Hin und wieder sprenkelte Morena etwas Wasser über den Boden, damit nicht so viel Staub aufgewirbelt wurde. Merza lachte hell auf, als einer der Hunde vom Schlaf aufschreckte, unter dem Haus hervorschoß und sich das Wasser aus dem Fell schüttelte.

Mutter wickelte die gesäuberten Fische in aromatische Blätter und legte sie auf ein Gestell aus frischen Zweigen über die Glut. Nun konnte der Fisch dort langsam geräuchert werden und den würzigen Geschmack der Blätter annehmen. „Das gibt ein gutes Essen!" dachte die Mutter. „So, fertig", sagte sie dann. „Gehen wir!"

Sie holte das Baby aus der Hängematte, band es sich mit einem Tuch auf den Rücken und ging mit Morena und Merza zum Kanu, um über den See zu paddeln.

Keito und seine beiden Brüder erreichten die andere Seite des Sees. Die kleine Siedlung erstreckte sich an einer Bucht. Jedes der elf Häuser hatte einen Zugang zum Wasser. Etwas abseits lag die Schule mit dem Platz, auf dem sie Fußball spielten. Die drei Jungen kamen an dem Haus der Tante vorbei. Sie war an der Feuerstelle beschäftigt. Keito rief zu ihr hinauf: „Tante, die Mutter kommt später!" „Ja, ist gut!"

„Wir sind gekommen!" rief Keito und stieg den Balken zum Haus seines Freundes hinauf. „Ja, kommt herein", erwiderte Tano, der mit einem Brüderchen auf dem Schoß in einer Hängematte saß und schaukelte.

„Gehen wir Vögel schießen", schlug Keito vor. „Prima Idee!" „Ich hole mein Blasrohr", willigte Tano sofort ein, froh über die willkommene Abwechslung. Er setzte den kleinen Bruder auf den Boden.

Die beiden Freunde zogen los, jeder ein Blasrohr in der Hand und den Köcher mit den Giftpfeilen umgehängt. Glücklicherweise hatten es sich Keitos Brüder, Awishu und Claudio, anders überlegt und gingen nicht mit. Sie wollten Tanos Vater zusehen, der mit dem Bau eines neuen Kanus beschäftigt war. Keito war froh darüber!

Schon bald hatten sie das letzte Haus – es war das Haus des Medizinmannes – hinter sich gelassen. Der Pfad führte vom See in den Wald. Hier unter den riesigen Bäumen war es dämmrig; die vielen Blätter hielten das Licht zurück. Nur vereinzelt erreichte ein Sonnenstrahl den moderigen Urwaldboden. Keito und Tano gingen und schwiegen. Über ihnen schrieen die Vögel in den Baumwipfeln. Einige Affen schwangen sich schimpfend davon, und eine kleine schwarze Schlange kreuzte ihren Pfad. Aber von ihr war keine Gefahr zu erwarten. Keito kannte sie alle genau, die gefährlichen und die ungefährlichen. Der Vater hatte es ihn gelehrt.

Überall raschelte und knisterte es. Der Wald war voller Leben. Keito liebte es, so mit seinem Freund lautlos durch den Wald zu strolchen. Seine Sinne waren hellwach. Gut konnte er die Geräusche unterscheiden und zuordnen. Seine Augen hatten sich längst an das Dämmerlicht gewöhnt.

Plötzlich blieb Keito stehen und wies stumm nach oben. Tano nickte. Auch er hatte die beiden Wildtauben entdeckt. Sie saßen hoch in einem der Bäume. Aber man konnte es ja versuchen! Geräuschlos nahm jeder der beiden Jungen einen kleinen Giftpfeil aus dem Köcher. Ohne die gefährliche Pfeilspitze zu berühren, legten sie das todbringende Geschoß in das Blasrohr. Keito trat ein paar Schritte zurück. Ja, so war es gut! Deutlich hatte er den grauen Vogel, der sein lockendes Mukukukuu, Mukukukuu ausstieß, im Blick. Jeder der beiden jungen Jäger setzte sein Blasrohr an den Mund. Mit beiden Händen fest gepackt, preßten sie es auf die Lippen und richteten es steil in die Höhe, den Kopf dabei leicht nach hinten geneigt. Noch schwankten die Blasrohre ein wenig, bis sie endlich auf das lebendige Ziel eingestellt waren. Keito und Tano holten tief Luft. In diesem Augenblick erhob sich lautes Geschrei und Gekreische hoch oben in den Baumwipfeln. In wilder Jagd verfolgte ein älteres Affenmännchen ein junges flinkes Äffchen, das sich mit ängstlichen Schreien von Ast zu Ast schwang, um seinen wütenden Verfolger abzuschütteln. Erschreckt flatterten beide Wildtauben hoch. Aufgebracht gurrend suchten sie das Weite, den todbringenden Blasrohren noch einmal entronnen.

Enttäuscht ließ Keito sein Blasrohr sinken und bließ die angestaute Luft mit einem leisen Zischen durch die Lippen. Er blickte zu Tano und zuckte mit den Schultern. „Schade, die sind uns entwischt!" Tano nickte: „Ja, Mist! Ich hätte sie bestimmt getroffen."

Inzwischen hatte sich der Lärm über ihren Köpfen gelegt. Die wilde Jagd schien beendet. Von den Affen war nichts mehr zu sehen. Keito und Tano nahmen den Pfad wieder auf, nachdem jeder den kleinen Giftpfeil sorgfältig im Köcher verstaut und das Blasrohr geschultert hatte. Beide schwiegen wieder und spähten angespannt in die Bäume hinauf. Vielleicht hatten sich die Tauben in der Nähe niedergelassen? Ahh, was war das? Sie schienen wirklich Glück zu haben. Mukukukuu, mukukukuu gurrte es plötzlich ein Stück voraus. Die beiden Freunde blickten sich an und lächelten. Behutsam schlichen sie den Pfad tiefer in das Dickicht hinein. Suchend glitten ihre Blicke hinauf durch das verwirrende Blätterwerk. Mukukukuu tönte es jetzt ganz deutlich über ihnen. Keito und Tano hielten inne. Noch einmal ließ die Taube ihren Lockruf erschallen. Jetzt sah Keito das grau-weiße Gefieder durch das grüne Gewirr hindurchschimmern. Stumm wies er mit dem Kinn hinauf. Tano nickte und ballte die Finger zur Faust. Vier leckere Wildtauben hockten da oben und warteten nur darauf, heruntergeholt zu werden. Die beiden Jungen wurden vom Jagdeifer gepackt. Diesmal sollte ihnen die Beute nicht entwischen! Jetzt ging alles sehr schnell: Giftpfeile einlegen, das Blasrohr an die Lippen setzen, fest auf die angepeilte Beute einstellen, tief Luft holen und pffftt zischte das kleine, schlanke Geschoß aus Keitos Blasrohr. Pffftt sauste Tanos Pfeil hinterher. Keitos Pfeil traf! Wild flatterte die Taube auf und wollte davonfliegen. Dann taumelte sie plötzlich, und ihre Flügel hingen schlaff herab. Kopfüber stürzte sie durch die vielen Äste und landete auf einem Gebüsch in der Nähe der beiden jungen Jäger. Tanos Pfeil verfehlte sein Ziel um Haaresbreite. Verschreckt suchten die drei übrigen Wildtauben das Weite.

„Schade!" sagte Tano und Keito nickte. Beide gingen zu dem Gebüsch, auf dem die Taube nach ihrem Sturz liegengeblieben war. Heftig schüttelten sie an den Sträuchern, bis der tote Vogel zu Boden fiel. „Guter Schuß", lobte Tano anerkennend und ohne Spur von Neid. „Ja", erwiderte Keito, „aber dein Schuß war auch gut. Deine Taube saß ein ganzes Stück höher und war viel schwerer zu erreichen." Damit hob er die Beute vom Urwaldboden auf und hängte sie an der Seite über den Köcher. Besonders groß war sie nicht. „Aber besser als gar nichts!" dachte Keito.

Er und sein Freund verfolgten den Pfad noch tiefer in den Wald hinein. Der schmale Weg wurde immer verwachsener. Lianen und Luftwurzeln hingen von oben herab. Von beiden Seiten wucherten die Pflanzen. Es galt, die Augen gut aufzuhalten, daß sie keine Tiere aufschreckten, die ihnen gefährlich werden konnten. Die Schlangen, die auf den Bäumen lebten, waren den Ästen oft zum Verwechseln ähnlich! Auch vor den faustgroßen, pelzigen Vogelspinnen mußte man sich hüten. Ein Biß von ihnen konnte böse Folgen haben! Keito wußte das alles. Schon oft war er so durch den Wald gestrolcht. Zuerst mit seinem Vater oder einem Onkel, später dann allein oder mit seinem Freund Tano.

Jetzt hatte es keinen Zweck mehr, ohne Buschmesser weiterzugehen. Der Pfad war kaum noch zu erkennen. Undurchdringlich lag das grüne Dickicht vor ihnen. „Komm, laß uns umkehren", schlug Keito vor, der bislang vorangegangen war. „Ja, gut", erwiderte Tano und machte kehrt. Beide hielten weiterhin Ausschau nach einer geeigneten Beute, die sie mit einem Giftpfeil zur Strecke bringen könnten. Aber es bot sich nichts mehr.

Keito und Tano gingen den ganzen Pfad zurück, erreichten den Waldrand und traten in das blendende Sonnenlicht am Seeufer. Blinzelnd schauten sie über die gleißende, spiegelglatte Fläche des Sees. Es war jetzt sehr heiß geworden.

Schweigend stand die Pani neben Keito, der gedankenverloren auf den Ozean hinausstarrte. Sollte sie dem Jungen von den erschreckenden Nachrichten erzählen, die gestern Abend über Radiosprechfunk aus der Missionsstation eingegangen waren?

Angeblich waren im Urwald Grenzstreitigkeiten ausgebrochen. Peruanische und ecuadorianische Soldaten kämpften um das Gebiet, in dem Keitos Stammesleute wohnten. Auch der Name des Sees, auf dem vor wenigen Tagen ihr Flugzeug gestartet war, war in diesem Zusammenhang gefallen.

Ab sofort war allen Missionsflugzeugen strikt untersagt, in die umkämpfte Region zu fliegen.

Niemand wußte, wie es den Indianern dort erging. Die Pani

seufzte leise und beschloß, die neuesten Nachrichten am Abend abzuwarten und erst noch einmal alles für sich zu behalten. Vielleicht, so hoffte sie, war es nur eines der vielen Gerüchte, von denen es unzählige in diesem Land zu geben schien.

Erschreckt zuckte Keito zusammen. Die Pani hatte ihre Hand vorsichtig auf seine Schulter gelegt. „Kleiner Bruder, ich wollte dich nicht stören", sagte sie lächelnd. „Ich setze mich auf die Bank dort und warte auf dich." Keito nickte. „Ja, Pani." Das grelle Licht und das gleichbleibende Tosen der Brandung des Ozeans trug ihn zurück in die Vergangenheit und in die Ferne seines Dorfes.

Die beiden Freunde kehrten zu Tanos Haus zurück und stiegen den Balken hinauf, froh, der stechenden Sonne zu entrinnen.

„Was habt ihr geschossen?" fragte Awishu neugierig. „Hier, diese Taube!" antwortete Keito und hielt seine Beute stolz hoch. „Komm, gib sie mir", bettelte Awishu, „ich rupfe und nehme sie für dich aus." Insgeheim hoffte er, mit einem besonders großen Bissen von der gebratenen Taube für seine Arbeit belohnt zu werden.

Keito und Tano beschlossen, in das Haus von Keitos Tante zu gehen und den Frauen beim Masatobereiten zuzusehen und zu hören, was sie erzählten.

Im Hause der Tante waren die meisten Frauen des Dorfes schon eifrig bei der Arbeit. Auch Keitos Mutter war da.

In der Mitte des Hauses stand ein riesiger Topf mit gekochten, dampfenden Maniokstücken, daneben ein dickbauchiger Tonkrug. Die Frauen saßen dicht auf dem Boden um Topf und Krug gedrängt. Jede von ihnen hatte den Mund mit den weißen, mehligen Maniokstücken vollgestopft. Eifrig kauten sie. Die Maniok mußte gut gespeichelt und im Mund zu einem dicken Brei werden. Jetzt war ein Mundvoll fertig! Schwupp spuckte die Frau alles in hohem Bogen in den bereitstehenden Krug. Schwupp folgte die Breiladung aus dem fast zahnlosen Mund des alten Dorfgroßmütterchens. Erschöpft hustete sie und griff sich ein neues, heißes Stück, um es gleich darauf in den Mund zu schieben. Keitos Mutter hatte gerade ihren Mund über dem Tonkrug ausgeleert. Sie machte eine kleine Pause. „Habt ihr gesehen, wie Juana kaut?" fragte sie. „Guckt, so macht sie das!" sagte sie und ahmte Juana nach, wobei sie den Kopf etwas schief hielt und beim Kauen langsam drehte. Die anderen Frauen brachen in Gelächter aus, in das Juana verdutzt miteinstimmte. Ja, genauso kaute Juana. Verschmitzt lächelnd steckte Keitos Mutter ein Stück Maniok in den Mund. Es war so groß, daß sie den Mund beim Kauen nicht schließen konnte.

Keito und Tano hatten es sich in einer Hängematte bequem gemacht. Beide saßen dicht nebeneinander und ließen ihre Beine herausbaumeln. Ab und zu stießen sie sich mit den Füßen vom Boden ab, um die Hängematte ins Schwingen zu bringen. Belustigt sahen sie den Frauen bei ihrer Arbeit zu. Das Masatokauen war reine Frauenarbeit; ein Mann durfte dort in der ausgelassenen Runde nicht mitkauen. Keito wußte nicht, warum das so war. So war es immer gewesen, vielleicht deshalb.

Die Frauen kauten, spuckten aus und lachten. Der große Topf mit der gekochten Maniok war schon gut halbleer. Keito wußte, das Kauen, Erzählen und Witzemachen hielt solange an, bis der Topf geleert, und der Tonkrug mit Brei gefüllt war. Er liebte es, seine Mutter fröhlich zu sehen. Zuhause war sie oft so ernst.

Der Masato, den die Frauen bereiteten, war für den nächsten

Tag bestimmt. Morgen sollte „Minga" sein, der Tag der gemeinsamen Arbeit von allen Männern und Frauen, die zu der
Dorfgemeinschaft gehörten. Für die Minga wurde immer
sehr viel Masato gebraucht.

Keito schreckte hoch. Er war wohl ein wenig eingenickt. Das
Schaukeln und das gleichmäßige Gemurmel der Frauen
machte angenehm schwer und müde. „Hast du mich gehört?" fragte Tano neben ihm. „He, du schläfst ja!" fügte er
hinzu, als er Keitos blinzelnde Augen sah. „Mmmh, was ist
denn?" fragte Keito benommen. „Kommst du mit? Ich geh
schwimmen!" „Oh, gute Idee! Dann werde ich wenigstens
wach", erwiderte Keito.

Schon war er aus der Hängematte geschlüpft und rannte mit
sicheren Schritten den Balken hinunter. Hinab ging es die
steile, rutschige Böschung zum Ufer des Sees. Tano war seinem Freund dicht auf den Fersen. „Na, warte!" rief er außer
Atem. „Ich kriege dich schon!" Im fliegenden Lauf knöpften
Keito und Tano ihre Baumwollhemden auf und warfen sie
auf einen der gelbblühenden Sträucher. Hell spritzte das
Wasser auf, als Keito mit großen Sprüngen hineinsetzte und
sich bäuchlings hinwarf. Da landete Tano mit einem meister-
haft gekonnten Hechtsprung neben ihm. Das tat gut in dieser
Hitze!

Um Keito und Tano herum tummelten sich ausgelassen die
meisten Kinder des Dorfes. Lachend mit kräftigen Stößen
schwamm Keito in den See hinaus, dicht von seinem Freund
begleitet. Geschmeidig drehte Keito sich auf den Rücken und
ließ sich mit langsamen, sanften Bewegungen weitergleiten,
das Gesicht der Sonne zugewandt. Er blickte verträumt in
den strahlend blauen Himmel hinauf. Hauchdünne Wölkchen zogen vorüber. Die Sonne brannte auf sein bronze-
braunes, rundes Gesicht und leckte die Tropfen auf.

„Stundenlang könnte ich so weiterschwimmen", dachte Keito. Er fühlte sich wohl und fast wie ein Stückchen vom See selbst. Er fürchtete sich nicht. Die Krokodile, die im Sumpf am See hausten, scheuten die Menschen. Bei dem ausgelassenen Lärm, den die Kinderschar verbreitete, hatten die großmauligen, trägen Reptilien bestimmt schon das Weite gesucht. Und die Piranhas, die kleinen Raubfische mit den messerscharfen Zähnchen, fielen auch nicht einfach über einen Menschen her! Ginge man jedoch mit einer offenen Wunde ins Wasser, würde es im Handumdrehen von Piranhas wimmeln.

Keito hatte schon Erfahrung mit diesen blutgierigen Raubfischen! An seiner rechten Hand trug er eine zackige, große Narbe. Dort hatte ihm einer dieser unscheinbaren, gefährlichen Gesellen ein Stück Fleisch herausgerissen. Das war schon vor einigen Monaten gewesen. Gedankenlos hatte er beim Angeln mit einer blutverschmierten Hand ins Wasser gegriffen. Blitzschnell hatte sich ein Piranha an der unerwarteten Beute festgebissen. Soviel Keito auch die Hand geschüttelt hatte, der Fisch ließ nicht ab! Er hatte ihn erst mit der Machete töten müssen, um dann die messerscharfen Zähne aus der blutenden Hand zu lösen.

Aber inzwischen war die Wunde gut verheilt. Nur die helle Narbe war noch auf seiner dunklen Hand zu sehen, auf die Keito sogar ein bißchen stolz war.

Keito war weit auf den See hinausgeschwommen. Tano war noch immer dicht neben ihm. „He, Tano", brach Keito unvermittelt das Schweigen, „wir schwimmen um die Wette, ja!? Wer zuerst dort beim Kanu ist!" Damit wies er auf ein Kanu, das in der Nähe des Ufers auf dem Wasser trieb. Einige Jungen und Mädchen saßen darin und bewegten sich lachend mit den Händen fort, die sie wie Paddel benutzten.

Andere Kinder hielten sich von außen an den Wänden fest und strampelten wild mit den Beinen.

Tano blickte hinüber zum Boot und schätzte die Entfernung.

„Ja, ich werde gewinnen!" sagte er überzeugt.

„Das werden wir ja sehen", erwiderte Keito herausfordernd.

„Auf geht's!"

Die beiden Freunde schwammen los. Kräftig holten sie mit ihren Armen aus. Mit langen, regelmäßigen Atemzügen stießen sie vorwärts. Das Kanu kam immer näher. Langsam, kaum merklich gewann Tano einen winzigen Vorsprung. Noch zwei, drei Züge, und schon griff seine Hand den Rand des Kanus. „Gewonnen!" stieß er außer Atem hervor. Da packte auch schon Keitos Hand das Boot. Unter seinem stürmischen Griff begann es, heftig zu schwanken, und ehe die Kinder darin sich besinnen konnten, war das Kanu auch schon umgeschlagen. Alle purzelten ins Wasser. Laut prustend und lachend tauchten sie wieder auf. Kieloben trieben sie mit Keito und Tano das Kanu vor sich her und schwammen ans Ufer.

Die beiden Freunde stiegen triefend die Böschung hinauf. Mit den Händen streiften sie das Wasser aus ihren schwarzblauen Haaren und von ihrer bronzebraunen Haut. Dann holten sie ihre Hemden vom Busch und zogen sie über.

„Der Kleine kommt wohl aus dem Urwald?!"

Langsam, ganz langsam kehrte Keito in die Gegenwart zurück. Ihm fröstelte, und er fühlte heftigen Hunger. Er wandte seine Augen von der glitzernden Weite des Ozeans. Von dem grellen Licht schmerzten sie ein wenig. Suchend blickte er sich nach der Pani um, die ihm von einer Bank im Park entgegenwinkte. Die ganze Zeit hatte sie die schmale Gestalt mit den wehenden Haaren nicht aus den Augen gelassen. Leicht über seine Krücken gebeugt hatte der Urwaldjunge, der ihrer Obhut anvertraut war, gebannt und regungslos auf das Meer hinaus gestarrt.

Mit einem kleinen Lächeln kam Keito auf die Bank zu und setzte sich ein wenig erschöpft neben die weiße Frau. „Pani", begann er, „kann man im großen Wasser schwimmen?" „Natürlich, kleiner Bruder! In den nächsten Tagen gehen wir an einen schönen Sandstrand. Das wird dir bestimmt gefallen. Dann kannst du so viel schwimmen, wie du willst!" Keitos Augen blitzten auf. „Toll, Pani!"

Unzählige Fragen richtete der Urwaldjunge mit den wachen, großen Augen an die weiße Frau, als sie langsam zurück zu ihrer Pension gingen.

„Wo ist das Ende des großen Wassers? Was ist auf der anderen Seite? Wielange braucht ein Kanu, um das andere Ufer zu erreichen? Wie sehen die Menschen drüben aus, wie sprechen sie?

Was für Fische fangen die Fischer mit ihren Booten? Nehmen sie Netze? Schmecken die Fische wie zuhause?"

Lachend und geduldig versuchte die Pani, auf alle Fragen eine Antwort zu finden. „Ob der Fisch wie bei euch im Urwald schmeckt, kann ich nicht beurteilen", gab sie zu, „aber wir besorgen demnächst welche vom Markt am Meer. Dann sagst du mir, ob es einen Unterschied gibt, ja?!"

„Einverstanden, Pani!"

Am frühen Abend gingen weitere Meldungen aus dem Urwald ein. In Radio und Fernsehen wurde es durchgegeben: An der Grenze zwischen Perú und Ecuador waren Kämpfe ausgebrochen. Peruanische Soldaten verteidigten ihr Vaterland gegen die eindringenden Feinde aus dem Norden.

Damit waren die Kämpfe in Keitos Stammesgebiet offiziell bestätigt. Die schwache Hoffnung, es könne vielleicht nur ein Gerücht sein, war dahin. „Ich muß dem Jungen von den beunruhigenden Geschehnissen erzählen", dachte die Pani. Betrafen sie doch unmittelbar seine Familie.

„Ich muß sofort zurück nach Hause!" sagte Keito ernst, als die Pani geendet hatte.

„Ich kann dich gut verstehen, kleiner Bruder", erwiderte sie. „Aber das ist unmöglich. Kein Flugzeug darf in euer Gebiet fliegen, geschweige auf dem See landen."

„Aber ich muß doch zu ihnen", dachte Keito immer wieder, als er schon lange im Bett lag und über zuhause nachgrübelte. „Was machen sie, wenn die Soldaten kommen?" Angst packte ihn. „Großer Vater Gott", stieß der Junge aus dem Urwald leise hervor, „beschütze Vater, Mutter, Awishu, Claudio, Morena, Merza und meinen Baby-Bruder. Ich will, daß du auf sie aufpaßt! Ich bin Keito!"

Endlich fiel er erschöpft in den Schlaf.

Nach einer zweiten unruhigen Nacht brach für Keito ein noch aufregenderer Tag in Lima an als der vergangene. Gleich nach dem Frühstück, an dem er eine solche Unmenge in sich hineinstopfte, daß ihm der Magen schmerzte, brachen die Pani und er auf. An einer Straßenecke brachte die Pani einen klapprigen Bus, dem eine Reihe von Fenstern fehlte, mit einem Handzeichen zum Stehen und hob den Jungen mitsamt den Krücken die hohen Stufen in das überfüllte Fahrzeug. Zwischen den Leuten eingeklemmt, von der Pani mit einem Arm gestützt, brachte der Urwaldjunge die erste Busfahrt seines Lebens hinter sich. Irgendwann rief die Pani: „Ecke halten, Meister!" Dann zog sie den Jungen aus dem Menschengedränge ins Freie.

Erschöpft und ein wenig taumelig von der endlosen Schaukelei des Busses traten sie durch das Eingangstor, über dem in großen Buchstaben „Rehabilitationszentrum" geschrieben stand.

Die Pani ließ sich von einem Mann mit einem mageren, gelblichen Gesicht, der gleich neben dem Eingang hinter einer Glasscheibe saß, den Weg zum Arzt erklären.

Gemächlich gingen sie durch die langen, gekachelten Flure. Plötzlich traten sie durch eine weit geöffnete Tür in einen sonnenbeschienenen Innenhof. Keito wollte seinen Augen nicht trauen! Auf den breiten Wegen zwischen blühenden Büschen und Sträuchern bewegten sich Männer und Frauen auf die unterschiedlichste Art und Weise. Einige schwangen steife Beine zwischen Krücken, andere hatten blitzende Schienen an den Beinen oder schoben sich mühsam an Gestellen mit Rädern vorwärts. Wiederum andere saßen in merkwürdigen Stühlen mit riesigen Rädern, die flink von den Händen angetrieben wurden. Ein junger Mann mit bleichem Gesicht lag bäuchlings, angeschnallt mit einem breiten Ledergurt, auf einem schmalen, hohen Bett. Behutsam wurde er von einer Schwester an den duftenden Blumenbeeten vorbeigeschoben.

Plötzlich blieb Keito stehen und starrte unverhohlen auf die zarte junge Frau, die ihnen in einem Rollstuhl entgegenkam. Mit kräftigem Schwung fuhr sie an dem wie versteinert dastehenden Urwaldjungen vorbei und schenkte ihm ein kleines Lächeln. Endlich fand Keito seine Fassung wieder. Er lächelte unwillkürlich zurück. Hastig folgte er der Pani, die schon ein gutes Stück voraus war. „Hast du sie gesehen, Pani?" fragte er außer Atem. „Sie hat keine Beine und kommt trotzdem vorwärts! Sie fährt in einem Stuhl mit Rädern!"

„Wie heißt du?" fragte der Arzt mit dem dunklen Schnurrbart, nachdem die Pani und er einige Worte gewechselt hatten.

„Keito Suma Najota!" „Du sprichst Spanisch?" „Sí, ein wenig." „Wie alt bist du?" „Zwölf." „Wo wohnst du, Keito?" Er zögerte und antwortete dann: „Mit der Pani in einem Haus in Lima!" Der Arzt lächelte. „Ja, und wie heißt das Dorf, wo deine Eltern wohnen und du wohnst, wenn du nicht in Lima bist?" Auch diese Frage war leicht zu beantworten. „Mein Dorf heißt Wakamaya. Unser Haus ist auf einer Insel mitten im See. Und der See heißt Sisayaku."

Der Mann im weißen Kittel stutzte. „Sisayaku", wiederholte er nachdenklich. „Habe ich den Namen nicht heute früh in den Nachrichten gehört? Da wird doch gekämpft, nicht wahr?"

Alle drei schwiegen. „Keito macht sich große Sorgen um seine Eltern und Geschwister", sagte die Pani dann. „Ja, das kann ich gut verstehen", entgegnete der Arzt. „Wir machen uns auch Sorgen um meinen Bruder. Er ist dort im Urwald als Hubschrauberpilot im Einsatz."

Ehe die Pani weitere Fragen stellen konnte, blickte der Arzt auf den Jungen und fuhr fort: „Aber nun erzähl mir, was mit deinem Bein geschehen ist, Keito."

Das Gesicht des kleinen Indianers verfinsterte sich. Leise stieß er hervor: „Eine Schlange hat mich gebissen."

„Wielange ist das her?"

Keito schwieg und blickte zur Pani. „Ich weiß es nicht, die Pani weiß es."

Nachdem alle Fragen des Arztes beantwortet waren, wurde Keito sorgfältig untersucht und dann zur Blutentnahme ins Labor geschickt. Anschließend durchquerten sie wieder den sonnendurchfluteten Innenhof und betraten eine große

Werkstatt. Von den Werkzeugen, die Männer in weißen Kitteln bedienten, summte, dröhnte, zischte und hämmerte es. Auf langen Holztischen standen Formen, die Beinen oder Armen glichen. Bei manchen konnte man es schon deutlich erkennen. Verblüfft schaute Keito sich um. Da waren ganz unterschiedliche! Große, kleine, kurze, lange, dickere und solche, die nur den unteren Teil des Beines oder Armes darstellten.

„Dies ist das Haus, in dem die Beine gebaut werden, wie die Pani gesagt hat", dachte Keito.

In diesem Augenblick trat ein älterer Mann mit grauen Haaren und einer Brille auf sie zu. Die Pani rief ihm einige Worte durch den Lärm, der in der Werkstatt herrschte, zu und reichte ihm das Papier, das ihnen der Arzt in die Hand gedrückt hatte. Der Mann warf einen Blick darauf, nickte und bedeutete ihnen zu folgen.

Sie traten in einen kleinen, weißgetünchten Raum, der außer zwei wannenartigen Waschbecken, einigen niedrigen Hokkern und einem langen schmalen Tisch leer war.

„Ich muß an deinem Bein Maß nehmen, damit wir die Prothese für dich anfertigen können", erklärte der Mann im flotten Spanisch, wie es in Lima gesprochen wurde. Keito hatte nur „Bein" verstanden und nickte. Interessiert verfolgte er den Hantierungen mit Maßband und Meßzirkel, die an ihm vorgenommen wurden.

Sorgfältig notierte der Mann Zahlen auf einem Blatt Papier und sagte dann nach geraumer Zeit: „So, das wär's! Jetzt nimmst du auf dem Schemel dort Platz, damit wir einen Gipsabdruck von dem Stumpf machen können."

Diesmal verstand Keito keines der schnell heruntergeratterten Worte, und die Pani wiederholte sie ihm in seiner Sprache. Erstaunt blickte der Mann auf.

„Ah, soso", sagte er bedächtig, „der Kleine versteht kein Spanisch." Keito ärgerte sich. „Der Kleine" nannte ihn der Mann und außerdem verstand er etwas Spanisch.

„Keito versteht Spanisch, wenn es nicht so schnell gesprochen wird", warf die Pani ein. „Und ich verstehe es dann auch besser!"

Der Mann grinste breit. „Der Kleine kommt wohl aus dem Urwald, wie? Kann man sehen! Hab's mir fast gedacht. Hier in Lima haben wir nicht so viel Zeit, wie die Eingeborenen, die den ganzen Tag auf der faulen Haut liegen und nichts zu tun haben! Ist doch so, Kleiner? Wenn Sie mich fragen, um keinen Preis möchte ich dort in der Wildnis hausen. Diese Insekten, das viele Ungeziefer und die wilden Tiere! Da soll's sogar blutsaugende, riesige Fledermäuse geben und Eingeborene, die sehr gefährlich sind, habe ich gehört. Nein, Gott bewahre mich!" Er schwieg mit einem entsetzten Ausdruck auf dem Gesicht und wickelte eine Schicht nach der anderen von dem weißen, nassen Gipsverband um Keitos Beinstumpf.

Sie schwiegen. Die Pani schien traurig. Es hatte wohl nicht viel Zweck, diesem Mann von dem Leben im Urwald zu erzählen!

Später traten sie wieder in den Innenhof, nachdem sie vergeblich zur Röntgenabteilung gegangen waren. Sie sollten in zwei, drei Stunden wiederkommen, hatte die Schwester gemurmelt, jetzt sei „Siesta, Mittagspause!"

Keito war müde und erschöpft. „Komm, kleiner Bruder, leg dich hier in den Schatten ins Gras", schlug die Pani vor. „Ich besorge uns etwas zu essen und zu trinken."

Dankbar streckte Keito sich auf dem kühlen Rasen aus. „Ich beeile mich", rief die Pani und ging schnell davon.

Der Innenhof war menschenleer. Von irgendwo tönte das Klappern von Geschirr und Besteck. Ein appetitanregender

Duft von Reis mit Curry und gebratenem Huhn lag in der Luft. Keito seufzte leise.

Er sehnte sich nach dem sauer-gärigen Masatogetränk, das Hunger und Durst vergessen ließ. „Warum gibt es in Lima keinen Masato?" überlegte er und schaute in das schattenspendende, dichte Blätterwerk des Baumes hinauf. „Vielleicht gibt es hier keine Manioksträucher, aus deren Knollen der Masato gemacht wird"? sponn er den Gedanken fort, „oder die Frauen in Lima wissen nicht, wie man es macht!" Keito schloß die Augen. „Was hatte der alte Mann mit den weißen Haaren gesagt? Die Menschen im Urwald tun nichts! Ja, das hatte er gesagt. Sie tun nichts!"

Keito räkelte sich und lauschte dem Vogelgezwitscher. „Der Mann ist nicht klug, auch wenn er alt ist und seine Haare grau sind", beschloß er für sich und ließ seine Gedanken in den Urwald eilen. Ein Tag, an dem das ganze Dorf sich zur gemeinsamen Arbeit traf, stand ihm plötzlich lebendig vor Augen . . .

An die Arbeit!

Keito wurde durch das ohrenbetäubende Morgenspektakel, das das grüne Papageienvolk auf seiner Insel veranstaltete, geweckt. Genüßlich reckte und streckte er sich. Noch war es nicht richtig hell. Mutter und Vater unterhielten sich mit gedämpften Stimmen. Von den Mädchen hörte er unterdrücktes Kichern.

Bald darauf hantierte Mutter an der Feuerstelle. Mit einem leichten Klaps vertrieb sie den Hund aus der Asche, der sich beleidigt den Balken hinuntertrollte und einen neuen Schlafplatz unter dem Haus suchte.

Nun ging alles seinen gewohnten Lauf. Der neue Tag war angebrochen.

Nachdem alle ihre Schale Chapo, den süßen nahrhaften Bananenbrei getrunken hatten, die Hühner und das Schwein gefüttert waren, brach die ganze Familie in zwei Kanus auf, um zum Dorf hinüber zu paddeln. Heute war Minga! Keito freute sich. Es wurde nicht nur tüchtig zusammen gearbeitet, sondern viel dabei erzählt und eine Menge Masato getrunken.

„Also, heute wollen wir an der Uferseite des Dorfes arbeiten", verkündete der Kuraka, der gewählte Häuptling der Dorfgemeinschaft, mit seiner tiefen Stimme. „Seid ihr damit einverstanden?" „Ja, das wollen wir machen", stimmten die Männer und Frauen des Dorfes zu. „Gut, wir beginnen bei deinem Haus, Kurandero", sagte der Kuraka und blickte zum Medizinmann. „Auf, an die Arbeit!"

Alle Männer und Frauen der Dorfgemeinschaft waren erschienen. Jeder trug eine Machete, die Frauen außerdem geflochtene Körbe in den unterschiedlichsten Größen. Auch viele der Kinder waren mit einem Buschmesser oder zumindest mit einem Korb ausgestattet. Lachend und erzählend gingen alle zum Haus des Medizinmannes. Die Männer verteilten sich am Ufer des Sees und begannen ihre Macheten zu schwingen. Kein Strauch, kein Busch oder hohes Gras war vor den scharfen Klingen sicher. Alles wurde niedergemäht. Die Frauen folgten mit den Körben, stopften sie voll und leerten sie am Ende des Dorfes aus. Anschließend wurden die kleinen Pflanzen und das kurze, sprießende Gras abrasiert und sogar ausgegraben, bis nur der dunkelsandige Boden übrigblieb.

Keito und Awishu arbeiteten in der Reihe der Männer neben ihrem Vater. Beide hatten sich eines der bunten Stirnbänder, die die Mutter gewebt hatte, um ihr blauschwarzes Haar gebunden. Heftig hieben sie auf das wirre Gestrüpp ein. Keito wußte, wie wichtig es war, die Umgebung der Häuser von Büschen und Sträuchern freizuhalten, damit sie Schlangen und wilde Tiere des Urwaldes schneller und besser sichten konnten.

Zügig ging die Arbeit voran. Die Sonne stieg schnell höher, und es wurde heißer. Keito überlegte gerade, ob nicht eine Pause fällig sei, als ihn das Gefühl einer drohenden Gefahr befiel. Auch die anderen Männer schauten auf. Niemand lachte mehr. Alle schwiegen und blickten zum Kuraka, ihrem Häuptling. Der hatte seine Machete beiseite geworfen und blitzschnell einen armdicken festen Knüppel gegriffen. Dies wirkte wie ein geheim verabredetes Zeichen! Die Männer in der Nähe des Kurakas bewaffneten sich ebenfalls mit langen Stöcken. Warnend ging der Ruf: „Kulebra, Schlange, Schlange!" durch die Reihe.

Niemand arbeitete mehr. Die Frauen waren still geworden und holten die kleineren Kinder zu sich. Alle schauten gebannt zu ihrem Kuraka, der sich lauernd durch die Sträucher bewegte. Einige Männer näherten sich von anderen Seiten. Plötzlich hieb der Kuraka seinen Knüppel mit gewaltiger Wucht nieder, einmal, zweimal und dann noch einmal. Jeder Hieb saß und traf die Schlange im Genick. Verzweifelt wand sie sich im Todeskampf. Sie war eine der ärgsten Feinde der Urwaldbewohner, und nicht immer siegte der Mensch in diesem Kampf. Aber diesmal trug er den Sieg davon.

Vorsichtig gabelte der Kuraka die leblose Schlange auf den Knüppel und hielt sie hoch. Bei ihrem Anblick brach ein erlösendes Triumphgelächter los. Alle kamen näher, um den erlegten Feind besser zu sehen. Ohne Abscheu, mit fast ehrfurchtsvollem Respekt, schaute Keito auf den erdfarbenen Schlangenleib mit der leichten Musterung auf dem Rücken.

„Es ist eine Jergón", sagte der Kuraka laut. „Ein Biß von ihr legt den stärksten Mann um, wenn kein Gegengift gegeben wird!" Der Kuraka griff zwei kurze Stöcke und spreizte damit vorsichtig das Maul der Schlange auf. Niemals durfte man es mit bloßen Händen öffnen. „Kommt näher, kleine Brüder und Schwestern!" sagte der Kuraka zu den Kindern. „Seht euch die Schlange und ihre Giftzähne genau an." Zögernd kamen die Kinder herbei. Noch stand Furcht auf ihren staubverschmierten Gesichtern, aber hier und da blitzte schon die kindliche Neugier hervor. Bald war der Kuraka von den wißbegierigen Kleinen umringt. Jedes warf einen Blick in den geöffneten Rachen ihres Todfeindes.

Aufgeregt erzählten die Kinder durcheinander. „So", verkündete der Kuraka, „machen wir eine Pause! Trinken wir Masato!" Dieser Vorschlag wurde begeistert aufgenommen.

Mit der Astgabel stopfte der Kuraka den toten Schlangenleib in einen hohlen, vermoderten Baumstumpf. Winzige schwarze Ameisen und allerlei Käfer würden dort ganze Arbeit leisten und von dem Tierkadaver kaum etwas übriglassen.

Die Sonne hatte den Zenit überschritten und stand schräg am Himmel. Es war drückend heiß und schwül. Vom Süden zog eine dicke, schwarze Wolkenwand herauf. Rasch näherte sie sich. Wind kam auf und blies den arbeitenden Männern, Frauen und Kindern leichte Kühlung zu. „Wie gut das tut!" dachte Keito. Der Schweiß ließ seine Haut sanft schimmern. Das Hemd hatte er, wie die anderen Männer, schon lange abgelegt. Seine schwarzen Haare klebten unter dem bunten Stirnband.

Jetzt setzte ungestümer Wind ein und riß an den Blättern der Bäume und an den Bananenstauden. Der See, der ruhig und träge in der bleiernen Sonnenglut gelegen hatte, schien plötzlich lebendig zu werden. Die Wasserfläche kräuselte sich und kleine Wellen mit weißen Schaumkrönchen schwappten ans Ufer.

Hui, nun verschwand die Sonne hinter den drohenden Wolkentürmen. Von fern hörte man ein leichtes Rauschen. Rasch näherte es sich und wurde immer lauter. Abertausende von Blättern ließen unter den niederprasselnden Regentropfen diese wohltuende Musik erklingen. Der Regen kam! Er war schon da! Es goß, prasselte und schüttete, daß es einem die Sicht raubte. Die dunkle Erde spritzte hoch unter den herabströmenden Wassermassen auf.

Eilig suchten die Männer und Frauen Zuflucht im Haus von Keitos Tante. Welch willkommene Pause für ein weiteres fröhliches Masatotrinken!

Flügelschlagend flüchteten die Hühner unter die Hütten. Eine Glucke rief aufgeregt ihre gelbwuscheligen Küken, die in höchsten Tönen piepsend hinter ihrer Mutter hereilten. Beinahe unwillig trollten sich die Hunde, ärgerlich ihren Mittagsschlaf unterbrechen zu müssen.

Die schwere Trägheit des Nachmittages wurde mit dem strömenden Regen von Natur und Mensch fortgeschwemmt. Vom nahen Urwald jubelte der frohe Gesang der Vögel und mischte sich mit dem Lärm und dem lauten Lachen der Kinder. Ausgelassen sprangen sie durch den Regen, patschten, liefen und hüpften durch die großen Pfützen, die sich sofort gebildet hatten. Die kleineren Jungen hatten sich ihrer Hosen entledigt und aalten sich nackt in der strömenden Flut.

Einige der Kinder wandten ihr Gesicht dem Himmel zu, den Mund weit geöffnet, und labten sich mit einem frischen Trank aus den Wolken. Auch Keito ließ sich diese herrliche Erquickung nicht entgehen. Er liebte den lauwarmen Regen auf seiner Haut. Wie junge, kampflustige Hähne sprangen er und sein Freund Tano herum. Immer wieder gaben sie sich kleine freundschaftliche Schubse. Tano riß seiner Schwester übermütig das große Bananenblatt aus der Hand, das sie sich wie einen schützenden Schirm über den Kopf hielt. Blitzschnell entwand Keito es ihm. Wie eine Siegesfahne hielt er es empor und rannte durch die aufspritzenden Pfützen davon. Kreischend und lachend jagten ihm Tano und seine Schwestern nach. Begeistert schlossen sich die anderen Kinder an. In wilder Jagd ging es um die Hütten.

Der Regen goß wie aus Eimern geschüttet. In breiten Bächen floß er an den Palmenblätterdächern herunter und fiel wie ein durchsichtiger, weicher Vorhang zu Boden.

Doch schon bald wurde der Regen schwächer. Es gab noch zwei heftige Donnerschläge; dann war alles vorüber. Die Wolkenwand war mit dem Wind nach Norden getrieben und gab die Sonne frei. Gierig leckten ihre Strahlen die Feuchtigkeit auf und brachten alles zum Dampfen. Über den Pfützen gaukelten große und kleine Schmetterlinge. Der aufgepeitschte See lag wieder ruhig und glatt da. Ein Delphinpärchen sprang in tänzerischen Bögen nebeneinander aus dem Wasser, tauchte wieder ein, sprang und tauchte.

„Seht mal dort! Ein Regenbogen!" rief eines der Kinder plötzlich aufgeregt und wies mit dem Kinn nach Norden. „Nein, es sind zwei!" erwiderte ein anderes Kind. Wie zwei bunte Brücken stiegen die Regenbögen aus dem vielfachen Grün des Urwaldes, ein unübersehbarer Hinweis, daß es auch noch andere Farben auf Erden gab. Die Kinder hielten in ihrer wilden Verfolgungsjagd inne, um das Schauspiel am Himmel zu bestaunen. Auch die Erwachsenen teilten ihre Freude. Mochten sie von vielen Gefahren umgeben sein und oft von Krankheit und Tod bedroht werden, hier war ihre Welt, die sie liebten!

Der Tag neigte sich dem Nachmittag zu. Es wurde Zeit, an das Essen zu denken, wenn auch der viele Masato, den sie getrunken hatten, den Magen füllte und den Kopf etwas schwindelig machte.

„Für heute ist die Minga beendet", verkündete der Kuraka. „In einigen Tagen wollen wir dort weiterarbeiten, wo wir heute vom Regen unterbrochen wurden."

Einige der Jungen und Tano holten sich ihre Flechas, die leichten, kurzen Holzspeere mit der Metallspitze. Keito und seine beiden Brüder bekamen jeder eine Flecha gereicht. Einer der Jungen hielt eine kindskopfgroße Papayafrucht in der Hand. Sie war überreif und schon weich. Die Jungen stellten sich in einer losen Reihe auf. „So, fertig", sagte der Junge mit der gelbgrünen Frucht. Die Jungen hoben ihre Speere, zum Wurf bereit. Mit einem heftigen Schwung brachte der Junge die Papaya ins Rollen. Und schon sausten die kleinen Holzspeere auf die trudelnde Zielscheibe los. Die meisten trafen und drangen durch die dünne Schale in das orangefarbene, weiche Fruchtfleisch. Johlend stürmten die Schützen auf die Papaya los, als hätten sie eine kostbare Beute erlegt, und zogen ihre Speere wieder heraus. Nur zwei oder drei Speere waren neben der Frucht gelandet.

Die Reihe der Jungen stellte sich rasch wieder auf. Diesmal sollte Tano die Papaya werfen. „Seid ihr fertig?" fragte er ungeduldig. „Ja, mach schon!" kam es zurück. Die Papaya flog durch die Luft, landete am Boden, platzte spritzend auf, von den Holzspeeren gespickt. Gackernd kamen die Hühner herbei, angelockt von dem Fruchtfleisch. Die Jungen holten ihre Speere. Keito versetzte der Papaya einen heftigen Tritt. In hohem Bogen flog sie durch die Luft, landete in vielen Stücken inmitten der Hühnerschar, die sich gierig darauf stürzte.

„Jetzt brauchen wir eine neue Papaya", stellte Claudio fest.

„Ja, wer holt eine neue?" fragte Tanos Bruder. Schon umringten die Jungen lachend die Papayabäume. Ganz oben in der schlanken Krone hingen die grünen Früchte wie ein Kranz um den Stamm gelegt. Die Jungen warfen dicke Stöcke hinauf. Hin und wieder traf einer der Knüppel, aber die Früchte hingen zu fest. Keine fiel herab.

„Ich steige hinauf", sagte Keito, und schon hängte er sich an den glatten Stamm, der von keinem Ast unterbrochen wurde. Mit Armen und Beinen umschlang er den Baum, der etwa so hoch war wie eine ihrer Hütten. Keito zog sich scheinbar spielend höher und höher.

Die Jungen schauten hinauf und feuerten ihn an. „Schneller, schneller, Keito!" riefen sie und lachten. Auch Keito lachte. Jetzt erreichte er die Früchte, die wie unförmige Kugeln am Stamm hingen. Darüber breiteten sich die Zweige mit den fächerartigen Blättern, wie mehrere Regenschirme übereinander ausgespannt. Zwischen den grünen, halbreifen Früchten hing eine gelbe, die sofort unter Keitos festem Zugriff nachgab.

„Hier habe ich was für euch!" rief er spitzbübisch lachend und warf die überreife Frucht hinunter. Die Jungen stoben kreischend auseinander. Die Papaya zerschellte am Boden. Das weiche Fruchtfleisch spritzte an die nackten Beine und Füße der Jungen, die nicht schnell genug das Weite gesucht hatten.

„Na warte!" riefen sie drohend hinauf. „Komm nur runter!"
„Wollt ihr noch eine Papaya auf den Kopf bekommen?" fragte Keito ungerührt zurück. „Hier sind noch genug! Es reicht für jeden von euch!" Er lachte hell auf.
„Komm, Keito, wir wollen weitermachen!" bat Tano nun.
„Komm runter, oder ich komme rauf", sagte ein anderer.
Keito löste eine feste Frucht mit einem energischen Ruck und begann den Abstieg. Sicher glitt er hinab, in der einen Hand die Papaya am Stengel haltend. Als er auf dem Boden ankam, versetzten ihm die Jungen freundschaftliche Knüffe, um ihm die weiche Papaya heimzuzahlen.
„Ich werfe die Papaya!" rief Claudio aufgeregt. Er war ein wenig enttäuscht, weil seine Flecha bislang nicht getroffen hatte. „Ja, hier, wirf sie", gab Keito bereitwillig zu und reichte Claudio die Frucht.

Das hatte der Lehrer ihnen nicht gesagt . . .

Auch wenn er mit seinen Gedanken weit fort von Lima und dem sonnenbeschienenen Innenhof war, hörten Keitos geübte Ohren die leisen Schritte.
Jetzt stand die Pani neben ihm. „Schläfst du, kleiner Bruder?" flüsterte sie.
Keito lächelte und schlug die Augen auf. „Ich war zuhause", gab er freimütig zu. „Der Mann mit den weißen Haaren, der mir das Bein bauen will, spricht nicht sehr klug! Die Menschen im Urwald arbeiten nicht, hat er gesagt. Das stimmt nicht! Sie arbeiten viel!"
„Natürlich arbeiten sie viel", stimmte die Pani zu. „Der Mann weiß nicht, wovon er redet."
„Dann soll er davon schweigen!" stellte Keito fest.

Die Pani lächelte und öffnete das Päckchen, das sie in den Händen hielt und dem ein verlockender Duft entströmte. Sie breitete die appetitlichen Köstlichkeiten auf dem Papier auf dem Rasen aus, stellte zwei Flaschen mit eisgekühlter, gelber Inka Cola daneben und sagte: „So, nun essen wir erst einmal!"

Das ließ Keito sich nicht zweimal sagen! Gierig griff er nach dem knusprig braunen Hähnchen und den goldgelb gerösteten Kartoffelstreifen, die in Lima „papas fritas" genannt wurden. Als er an dem buntgestreiften Trinkhalm nippte und die prickelnde Flüssigkeit auf seine Zunge kam, zuckte er zusammen. „Oh, das ist sehr kalt! Das brennt im Mund!" Die Pani mußte über Keitos Gesicht und seine lustige Wortwahl lachen. Froh stimmte er mit ein.

Erschöpft kehrten sie am späten Nachmittag nach der endlosen Busfahrt zu dem Haus hinter der hohen, schattenspendenden Mauer zurück. Sie hatten noch sehr lange warten müssen, bis man in der Röntgenabteilung der Meinung war, die Mittagspause sei beendet! Die diensthabende Schwester schien mürrisch und lustlos, als sie ihnen nach wiederholtem Klopfen endlich die Tür geöffnet hatte.

Noch jetzt saß Keito der Schreck in den Gliedern, der in ihn gefahren war, als er die riesigen Apparate gesehen hatte, mit denen das Innere seines Stumpfes und seines Oberkörpers fotografiert werden sollte, wie die Pani erklärte. Erschreckt hatte er sie angeblickt, als er auf einem dieser blanken, kalten Tische lag, der sich plötzlich wie von Geisterhand mit einem Summen bewegte.

Beruhigend hatte die Pani ihm zugeredet. Nicht das Geringste würde er von diesem Fotografieren spüren! Er kannte doch ihren kleinen Fotoapparat. Das tat doch auch nicht weh, oder? Keito hatte genickt.

Als die mürrische Schwester durch einen schmalen Türschlitz „Nicht bewegen!" gerufen und gleich darauf mit lautem Knall die Tür zugeschlagen hatte, war die Angst über Keito gefallen und hatte ihn starr werden lassen. Mit verzweifeltem Griff hatte er die schmale Hand der Pani umklammert. Da hatte sie sich leicht über sein Gesicht gebeugt: „Ama mancharinkichu!" hatte sie leise geflüstert. „Tukuy alikan!" „Hab' keine Angst! Es ist alles gut!"

Als die Zeit des raschen Sonnenunterganges kam, fiel eine unstete Rastlosigkeit über Keito.
Den Tag über hatte ihn all das Neue und Unbekannte, das er zu sehen bekam, von seinen Sorgen um zuhause abgelenkt. Aber nun am Abend kehrten sie zurück. Seine Gedanken kreisten ständig um ihre kleine Insel im See.
„Was wird Vater machen, wenn die Soldaten kommen?" fragte Keito sich immer wieder. „Die Soldaten schießen mit ihren Gewehren auf Menschen. Vater muß sich mit Mutter und den Geschwistern verstecken. Sie müssen fliehen!"
Mit der kleinen Flöte im Hosenbund strich Keito durch Haus und Hof, auf der Suche nach einem Platz, wo er mit seinen Sorgen und dem Heimweh allein war. Endlich entdeckte er die schmale Außentreppe am Haus. Flink stieg er mit seinen Krücken hinauf. Sie führte ihn geradewegs auf das flache Dach. Ein weiter Überblick über den Verkehr der belebten Straße vor dem Haus eröffnete sich vor ihm. Keito wandte sich ab, suchte einen lauschigen Winkel und ließ sich auf den noch sonnenwarmen Fliesen nieder. Sechs Tage war es her, seit das Wasserflugzeug von „seinem" See abgehoben hatte. Was war inzwischen alles geschehen! Vielleicht würde er nie mehr auf ihre Insel zurückkehren können, wenn die Soldaten ihr Land wegnähmen.

Wie sehnte er sich in seine Welt zurück, in der er sich aus-
kannte und die Dinge mit Namen wußte!

Er war so müde, unendlich müde! War es in Lima denn nie
still? Der Lärm der Straße schien mit Sonnenuntergang noch
lauter und aufdringlicher zu werden! Schliefen die Menschen in der Stadt nie? Wann kehrte hier einmal Ruhe und
Dunkelheit ein? Keito blickte suchend zum Nachthimmel
auf.

„In Lima der großen, fortschrittlichen Hauptstadt unseres
Vaterlandes Perú gibt es keine Sterne!" dachte er resigniert.
Das hatte der Lehrer ihnen in der Schule nicht gesagt!

Zögernd griff der verwirrte Indianerjunge nach der schmalen
Flöte und schloß die Augen. Wenig später drang ihr dünnes
Lied durch den lauten Abend über die flachen Hausdächer
und ließ manches Ohr überrascht und ungläubig aufhorchen. Den jungen, heimwehkranken Flötenspieler trug es zurück in seine Welt, in seine Hütte auf der Insel im See, mitten
im Urwald . . .

Wildschwein und Puma

Wie an jedem Abend zündete Keito die Petroleumlampe an
und stellte sie an den gewohnten Platz auf dem Holzregal.
Jetzt war es fast dunkel. Die Sonne war hinter den Bäumen
untergetaucht und ließ den Himmel in matten Rosatönen
erglimmen. Die großen, schwarzen Fledermäuse jagten lautlos durch das Haus. Die kleine Schwester war schon mit dem
Baby unter das Moskitonetz geschlüpft. Der Vater und die
Mutter waren zur Anlegestelle hinuntergegangen und badeten im See.

Keito spürte noch keine Müdigkeit. Er zog die Flöte aus dem

trockenen Laub des Daches hervor, wo er sie immer aufbe-
wahrte. Der Vater hatte sie aus Schilfrohr gearbeitet und
sechs kleine Löcher hineingebrannt. Die Flöte war nicht dik-
ker als Keitos Daumen und etwa so lang wie zwei seiner
Handspannen.
Keito setzte sich in die Hängematte und blickte auf den See
hinaus. Hell setzte die Flöte ein. Fast ein wenig schrill tönte
die wehmütige Melodie in die matte Dunkelheit hinaus, wurde fortgetragen über den See, hinauf zu dem sternenüber-
säten Himmel. Welch ein Funkeln und Leuchten war da über
ihm! Keitos Freude schlug sich in dem Lied der Flöte nieder,
das nun wie ein jubelnder Gesang eines jungen Vogels her-
ausperlte.
Inzwischen waren der Vater und die Mutter vom Baden her-
aufgekommen und hatten neben der Hängematte auf dem
Boden Platz genommen. Niemand sprach ein Wort. Die
Eltern und Kinder lauschten dem melodischen Lied des kleinen Instrumentes. Sanft verstummte es. Keito nahm die
Flöte von den Lippen. „Hier, Vater, spiel du!" bat er leise und
reichte ihm das Instrument. Es verschwand fast in den starken Händen des Vaters und wirkte noch zerbrechlicher. Und
nun spielte der Vater. Er hatte es Keito gelehrt. Aber heute
Abend hatte der Vater gemerkt, sein Sohn spielte fast wie sein
Lehrmeister. Er war stolz auf seinen Erstgeborenen. Keito
lauschte dem Lied der Flöte und schaute zu den Sternen
auf.
Einmal hatte er seinen Großvater gefragt, wieviel Sterne es
gäbe. Da war der Großvater zornig geworden und hatte Keito
gewarnt, niemals die Sterne zu zählen.
„Niemand braucht die Zahl der Sterne zu wissen," hatte er gesagt. „Wer sie zählt, muß nach seinem Tod Abertausende von
kleinen Steinchen zählen, die alle gleich aussehen. Er muß

zählen und zählen, ohne Ende. Willst du das, Keito?"

„Nein", hatte Keito erschreckt geantwortet.

„Dann versuche nie, die Sterne zu zählen!"

„Ja, Großvater", hatte er versprochen.

Keito schreckte aus seinen Gedanken hoch. Das Baby schrie unter dem Moskitonetz. Die Mutter holte den Kleinen, setzte sich mit ihm auf den Boden und gab ihm zu trinken. Vaters Lied verstummte. Er nahm die Flöte von den Lippen und schwieg. Vom See tönte das Konzert der Frösche und Grillen. Ein Nachtvogel schrie hell und mahnend. Oder war es der Schrei einer Seele, die durch die Finsternis irrte? Keito fröstelte und zog die Beine hinauf in die Hängematte. Claudio schmiegte sich schutzsuchend bei seinem Bruder an.

Keito brach das Schweigen: „Erzähl uns etwas, Vater."

„Ja, Vater, erzähl!" schloß sich Claudio sofort erleichtert an.

„Ja, ich erzähle", willigte der Vater ein. „Ich erzähle von den schwarzen Wildschweinen, die im Wald laufen."

„Ja, von den Wildschweinen!" unterbrach Claudio lebhaft, schwieg aber sofort wieder, als Keito ihm einen sanften Stoß mit dem Ellenbogen in die Rippen versetzte. Vater hatte es nicht gern, beim Erzählen unterbrochen zu werden.

Aber der Vater ließ sich nicht beirren und fuhr fort: „Wenn einer oder zwei von uns im Wald unterwegs sind und tief hineingehen, hören sie: grrmmhh, grrmmhh, mmhh. Sie schleichen sich an das Geräusch heran. Sie hören auch: toch, tock, toch und dann wieder grrmmhh, mmhh. Sie wissen, das sind schwarze Wildschweine. Sie gehen noch dichter heran und sehen sie. Die Wildschweine, vielleicht zwei oder drei, wühlen mit der Nase in der Erde. Sie wühlen da, wo es feucht oder naß ist, vielleicht in der Nähe einer Wasserstelle. Sie fressen die Früchte, die vom Baum fallen. Das macht toch, tock, toch. Die Männer wissen, es sind noch viel mehr von den Wildschweinen, weil sie in einer großen Gruppe durch den Wald laufen. Das ist immer so! Ein Mann kehrt schnell in das Dorf zurück und ruft: Wildschweine! Wildschweine! Alle Männer kommen. Wer ein Gewehr hat, bringt es mit. Auch die Hunde kommen mit. Sie sollen die Schweine jagen. Alle Männer gehen zu der Stelle im Wald, wo die Schweine sind. Die Tiere laufen davon, immer tiefer in den Wald hinein. Sie laufen davon, weil sie Angst haben. Es sind viele. Die Hunde hetzen ihnen nach und bellen. Die Männer folgen den Hunden und rufen laut. So treiben sie die Schweine vor sich her. Manchmal laufen sie einen Tag oder zwei, bis sie die Schweine einholen. Dann töten sie drei oder vier, vielleicht fünf von den Tieren mit dem Gewehr."

Der Vater schwieg eine kleine Weile. Das Baby schlief friedlich auf dem Schoß der Mutter. Die rußig flackernde Petroleumlampe warf ihr trübes Licht auf die Familie. Nun fuhr der Vater fort: „Eines Tages war ich mit dem Kanu unterwegs und kam zu einem schmalen Fluß. Am Ufer war viel dunkler Schlamm. Ich wollte in den Wald gehen und Affen jagen. Ich wollte auch weißen Harz mitbringen für Mutters Tontöpfe. Als ich durch den kleinen Fluß paddelte, hörte ich die Schweine. Sie wühlten am Ufer im Morast und sahen mich nicht. Schnell paddelte ich ins Dorf und holte die Männer. Wir kehrten dorthin zurück, wo ich die Schweine gesehen hatte. Wir folgten ihrer Spur in den Wald. Am Abend hatten wir sie noch nicht eingeholt. Jeder baute sich einen Unterschlupf aus Palmenblättern für die Nacht. Es war noch nicht ganz dunkel. Da sehe ich plötzlich ein Pumababy vor mir. Es ist schwarz, sehr schwarz ist sein Fell und sehr schön! Einer der Männer nimmt sein Gewehr und zielt auf das Pumababy. Er will es töten. Ich sage zu ihm: „Töte es nicht! Seine Mutter wird es rächen!" „Töte das Pumababy nicht!" sagten auch die anderen. „Doch, ich werde es töten", sagte der Mann und legte das Gewehr an. „Ich will das Fell haben", sagte er noch. In diesem Augenblick tauchte ein großer Puma auf, die Mutter von dem Kleinen. Sie war so groß", sagte der Vater und streckte seine Hand aus.

Keito staunte. Das mußte ein riesiger Puma gewesen sein.

„Der Puma war schwarz", fuhr der Vater fort. „Ganz schwarz war er und hatte ein sehr schönes Fell. Alles schwarz. Er kommt auf uns zu mit aufgerissenem Maul und faucht. Er faucht schrecklich und seine Augen funkeln wie glühende Asche."

Claudio schmiegte sich noch dichter bei Keito an und seufzte vor Aufregung.

„Das kleine Pumababy springt freudig auf seine Mutter zu. Es hat keine Angst vor uns. Die Pumamutter geht fauchend auf den Mann zu, der das Gewehr hält. Der Mann starrt nur auf den Puma und kann sich nicht bewegen, solche Angst hat er. Ich reiße mein Gewehr hoch und gebe einen Schuß in die Luft ab. Der große Puma zuckt zusammen und bleibt stehen. Das Pumababy läuft erschreckt davon. Da wendet sich auch die Mutter und läuft dem Kleinen nach. Sie verschwindet zwischen den Bäumen. Der große, schwarze Puma ist weg.

„Sie wollte dich töten, weil du ihr Baby töten wolltest", sagte ich zu dem Mann. Er hatte noch große Angst in seinen Augen und sprach kein Wort.

Für die Nacht zündeten wir ein Feuer an und hielten Wache. Vielleicht kehrte der Puma zurück. Wir warteten die ganze Nacht, aber er kam nicht.

Am nächsten Morgen brachen wir beim ersten Licht auf und verfolgten die Schweine. In der Mitte des Tages hatten wir sie endlich eingeholt! Fünf von ihnen haben wir getötet und sie uns mit Lianen auf den Rücken gebunden und zum Kanu getragen. Im Dorf haben wir gefeiert. Alle bekamen Fleisch. In jedes Haus schickten wir einen Teil vom Schwein. Alle wurden satt, sehr satt. Jeder konnte viel essen. Die Felle haben wir in der Sonne ausgespannt. Wir haben sie später beim Flußhändler gegen neue Patronen für die Gewehre eingetauscht. Jetzt habe ich von dem Tag erzählt, an dem wir fünf schwarze Schweine getötet haben."

Hier endete der Vater und spuckte in hohem Bogen aus. Claudio war an Keitos Schulter eingeschlafen. „Wir werden jetzt schlafen", sagte der Vater und erhob sich. Behutsam nahm Keito seinen kleinen Bruder auf den Arm und trug ihn zum Schlafplatz, wo er ihn auf die Matte legte und dann selbst unter das Moskitonetz schlüpfte.

Als Keito auch nach geraumer Zeit, nachdem das Lied der Flöte verklungen war, nicht die schmale Treppe vom Dach des Hauses herunterkam, stieg die Pani leise hinauf.

Sie fand den Jungen in festem Schlaf. Die abgewetzten Holzkrücken lagen rechts und links neben der zusammengesunkenen kleinen Gestalt. Behutsam trug der herbeigerufene Hausvater Keito, der vor einiger Zeit noch selbst seinen kleinen Bruder Claudio so getragen hatte, ins Bett. Die Pani stellte die Krücken an die Wand und legte eine leichte Decke über ihren Schützling.

Urwaldjunge in der Großstadt

. . . wenn sie doch alle tot waren?

Von nun an liefen Keitos Tage in Lima fast in strenger Ordnung ab. Am Vormittag gab ihm die Pani Unterricht. Keito gefielen die Lesebücher, die in seiner Sprache geschrieben waren. Voller Freude stellte er fest, daß er die Texte nicht nur fließend lesen, sondern auch verstehen konnte. Nun machte es ihm auch kaum noch etwas aus, an kleinen Geschichten in Spanisch zu arbeiten und die Bedeutung der fremden Worte zu lernen.

Nach getaner Arbeit gingen sie hinunter in den Teil des Innenhofes mit den Spiel- und Turngeräten, an denen Keito trotz seiner Behinderung wahre Kunststücke vollbrachte. Nach anfänglicher Scheu schloß er sich dem ausgelassenen Spiel der Kinder von den anderen Gästen des Hauses an.

Schnell hatte Keito herausgefunden, daß das schrille Klingeln in der Mitte des Tages alle in den Speisesaal an die gedeckten Tische lockte. Anfangs war es ihm unbegreiflich gewesen, dreimal am Tage, eine üppige Mahlzeit zu sich zu nehmen. Doch dann gewöhnte er sich schnell an diesen merkwürdigen Brauch der Weißen, sowie an Messer und Gabel und stopfte Unmengen in sich hinein. Mit den süßen Nachspeisen, auf die die hellhäutigen Kinder mit verlangenden Augen warteten, konnte er sich jedoch nicht anfreunden. Gern schob er die kleine Glasschüssel zu ihnen über den Tisch. Einzige Ausnahme bildete jedoch die Speise, deren Kälte auf der Zunge brannte. Immer wieder neu begeisterte er sich für das „Eis".

Gleich nach der Mittagsmahlzeit machten sich Keito und die

Pani auf die anstrengende Busfahrt zum Rehabilitationszentrum. Jeden Nachmittag fand der Junge sich dort in der kleinen Gruppe ein, in der eifrig geturnt und Gymnastik betrieben wurde. Jedem der Männer, Frauen und Jugendlichen fehlte wie Keito ein Bein.

Der junge, freundliche Mann im weißen Kittel, der die Gruppe leitete, hatte ihm sofort gefallen. Fachmännisch hatte er in der ersten Stunde Keitos schlichte „Gehhölzer" geprüft und ihm gleich darauf ein Paar neue Metallkrücken gebracht. „Deine Holzkrücken darfst du nicht mehr benutzen", mahnte er. „Sie sind für dich zu kurz geworden! Du bekommst einen krummen Rücken und Schmerzen davon." Keito nickte. Er wußte, wovon der Therapeut sprach und probierte die neuen Krücken gleich aus. „Oh, die sind aber leicht!" rief er erstaunt aus.

Die Wochenenden und die Feiertage, von denen es in Lima eine Menge zu geben schien, wurden für Keito zu besonders schönen, erlebnisreichen Zeiten.

Gleich am ersten Sonnabend waren sie weit mit dem Bus hinausgefahren und dann noch ein gutes Stück zu Fuß durch die Sandöde gelaufen. Vor ihnen erhob sich plötzlich ein kahler Berg mit einer klaffenden Öffnung, in der die Autos wie von einem weit aufgerissenen Maul verschluckt wurden. Die Pani ging direkt darauf zu. Stocksteif blieb der Indianerjunge stehen. Er mußte sie warnen!

„Pani!" rief er. „Du darfst nicht in das dunkle Loch gehen! Bleib stehen!"

Die Pani hielt verdutzt inne und schaute den aufgeregten Urwaldjungen fragend an.

„Komm, wir gehen weg hier!" bat er. „In der Erde hausen die bösen Geister!"

Die weiße Frau blickte ihn ernst an. „Keito, komm die paar Schritte her zu mir, ich zeige dir etwas."

Zögernd kam er näher. „So, jetzt guck mal in das schwarze Loch der Erde. Was siehst du?"

„Oh", rief Keito erstaunt aus, „da hinten ist es hell! Was ist das?"

„Hier führt ein Weg durch den Berg, der auf der anderen Seite wieder herauskommt. Hinter dem Berg ist das Meer. Komm, kleiner Bruder, wir gehen. Es lohnt sich!"

Dicht neben die weiße Frau gedrängt, die Augen auf das helle Licht am Ende des Weges geheftet, wagte Keito sich in den Tunnel.

Keito blickte auf die unendliche, glitzernde Weite des Stillen Ozeans. Nun konnte es ihm nicht schnell genug gehen, bis er endlich in den schäumenden Wellen herumtollte. Er ruderte, spritzte, paddelte und schlug mit den Armen. Er drehte, aalte und wendete sich im Wasser wie ein Fisch. Nichts behinderte ihn mehr! Hier vergaß er mühelos, daß ihm ein Bein fehlte.

Eine hohe Welle türmte sich plötzlich auf, schlug über ihm zusammen und riß ihn über den feinen, sandigen Grund. Prustend, hustend und spuckend tauchte er wieder auf.

„Das Wasser!" krächzte er zur Pani hinüber, der die mächtige Woge die Badekappe vom Haar gerissen hatte. „Es ist furchtbar salzig! Das ist Wasser mit Salz!"

Die Pani lachte und fischte ihre Badekappe auf.

Von diesem Tag hatte Keito seinen eigenen Namen für den Ozean. „Atun kachi yaku", nannte er es. „Großes Salzwasser."

Bald fühlte Keito sich aufs engste vertraut mit dem Meer und den ungestümen Wellen, die es in dem trägen, warmen Urwaldsee nicht gab.

Mit einer roten Schirmmütze, die pfiffig auf dem dichten Haarschopf saß, wanderte der Junge mit seiner Betreuerin kilometerweit am Strand entlang. Ihre Füße und die Krücken wurden vom Schaum der auslaufenden Wellen umspült.

Neugierig betrachtete Keito die Fischerboote, die hoch auf den Sand gezogen waren und prüfte fachmännisch die unzähligen Fische und Meerestiere in den eisgefüllten Körben. Lauthals wurde die meeresfrische Ware feilgeboten. Kreischende Möwenschwärme wetteiferten mit dem gischtwerfenden Brausen der Wellen und umlagerten die wackeligen Verkaufsstände des Fischmarktes auf der felsigen Mole, die weit ins Meer ragte. Sorgfältig wählte Keito die Ware, die er nehmen wollte. Zum ersten Mal in seinem Leben kaufte er Fische, die er sonst aus dem See vor seiner Hütte holen konnte, wann immer er wollte. „Die Menschen in Lima haben es nicht gut! Sie müssen für alles, was sie essen wollen, Geld geben", überlegte er laut.

Keito ließ es sich nicht nehmen, die Fische selbst zu säubern und in der Küche auf dem Herd, aus dem die Flammen auf Knopfdrehen und mit Hilfe eines Zündhölzchens hervorschossen, zu braten.

„Schmecken anders!" stellte er später zwischen zwei großen Bissen fest. „Unsere Fische aus dem See schmecken besser als diese. Liegt wohl an dem salzigen Wasser, in dem sie schwimmen!"

„Gut, daß ich Sie und den Jungen treffe!" Mit diesen Worten kam der Arzt auf Keito und seiner Begleiterin im Flur des Rehabilitationszentrums zu.

„Ich will es kurz machen", fuhr er nach der Begrüßung fort. „Sie erinnern sich, mein Bruder ist als Hubschrauberpilot bei den Grenzkämpfen im Einsatz. Gestern rief er überraschend aus Iquitos an. Er hat zwei Tage Urlaub. Ich habe meinem Bruder von dir, Keito, erzählt und daß du dir große Sorgen um deine Familie machst."

Keito nickte. „Mein Bruder sagte, in dem umkämpften Gebiet seien keine Indianer mehr. Er habe viele Kanus flußabwärts fahren sehen. Die Indianersiedlungen sind verlassen."

„Hat er auch etwas über den See, über Sisayaku gesagt?" unterbrach Keito ihn aufgeregt. „Ja, das hat er. Er ist einige Male über den See und das Dorf geflogen, hat dort aber keine Menschenseele gesehen."

„Aber wo sind sie denn alle hin?" Entsetzt starrte Keito auf das Gesicht des Arztes. „Oder sind sie alle tot?"

„Junge, beruhige dich!" erwiderte der Arzt. „Deine Stammesleute haben sich alle in Sicherheit gebracht, irgendwo flußabwärts."

„Aber wie soll ich sie finden?" fragte Keito verzweifelt. Ich muß doch zu ihnen zurück!"

„Du bleibst ja noch eine Weile in Lima. Da wirst du bestimmt noch etwas von deiner Familie erfahren."

„Das glaube ich auch", versuchte die Pani die Worte des Arztes zu unterstützen.

„Übrigens läßt mein Bruder fragen, ob du derselbe Junge bist, Keito, den er vor gut einem Jahr von der Militärstation am Fluß nach Iquitos ins Krankenhaus geflogen hat. Der Junge habe in höchster Lebensgefahr geschwebt, weil er von einer Schlange gebissen worden war."

„Ja, das bin ich wohl gewesen. Mein Vater hat mir vom Flug im Hubschrauber und dem freundlichen Oberst erzählt. Ich selbst weiß nichts davon", erwiderte Keito abwesend. Er konnte kaum einen klaren Gedanken fassen. Wo waren seine Eltern und Geschwister? Und wenn sie doch alle tot waren?

Für den Rest des Tages war Keito kaum ansprechbar. Soviel die Pani auch versuchte, ihn zu ermutigen und aus seinem Zimmer zum Abendbrot zu locken, es nützte nichts. Der Junge war untröstlich.

Als die Pani den Raum verlassen hatte, warf Keito sich auf sein Bett und weinte bitterlich, bis er vom Schlaf übermannt wurde.

„Weil du immer noch nicht Spanisch kannst . . ."

Diesmal hatten sie Glück gehabt und beide einen Sitzplatz in dem überfüllten Bus auf ihrer täglichen Fahrt ins Rehabilitationszentrum ergattern können. Keito sah durch die schmutzige Fensterscheibe, die einen langen Sprung aufwies, hinaus. Der Bus bremste scharf vor einer Ampel und kam ratternd zum Stehen. Gesang aus vielen Kinderkehlen drang durch die geöffneten oder fehlenden Fenster an Keitos Ohr. Kein Zweifel, die Melodie kannte er! Sein Blick fiel auf die Sängerschar, die ordentlich in Reih und Glied in der brennenden Nachmittagssonne auf dem staubigen Schulhof stand.

Die Mädchen trugen graue Latzröcke mit weißen Blusen und graue Kniestrümpfe. Die Buben steckten in grauen Hosen mit weißen Hemden. Nicht ein bunter Farbtupfer zierte die trostlose Einheitskleidung der Kinder!

Mit ernstem Gesicht hielten sie ihre Augen auf die rot-weiß gestreifte Fahne, die träge am Mast hing. Wie gut kannte Keito all dieses!

Zuckelnd setzte sich der Bus wieder in Bewegung. Die singende Kinderschar blieb zurück. Das Lied ging im Straßenlärm unter. Keitos Blick verlor sich in der Ferne und seine Erinnerung versetzte ihn geradewegs in das kleine Urwalddorf . . .

Schon vor einigen Tagen waren die beiden Lehrer auf einem vollgestopften Hausboot aus der Urwaldstadt Iquitos gekommen und hatten das Ende der drei Monate Ferien angekündigt. Mit ihnen kehrte Unruhe in das stille Dorf. Fast jeden Tag rief der Kuraka, ihr Dorfhäuptling, zur Minga. Die Männer besserten das schadhafte Palmenblätterdach der Schule aus. Die Frauen beseitigten das kniehohe, zähe Gras rundum die Schule mit ihren Buschmessern. Aus dem Haus, in dem der Lehrer mit seiner jungen Frau, ihren beiden kleinen, pummeligen Kindern und der ledige Lehrer wohnten, plärrte vom frühen Morgen bis zum späten Abend Musik. Das große Kofferradio schien dem jüngeren Lehrer zu gehören. Lässig unter dem Arm geklemmt, trug er es durch das Dorf, um den Männern eine Weile bei den Ausbesserungsarbeiten zuzusehen und sie dabei mit Musik zu bedienen. Keito war einige Male ins Dorf hinübergepaddelt und hatte mit Tano die neuen Lehrer beobachtet. Viel Hoffnung hatte Keito nicht mehr, daß einer der beiden ihre Sprache beherrschte.

Um acht Uhr sollte die Schule beginnen, hatte gestern der ältere Lehrer auf der Dorfversammlung verkündet und dabei mit dem Zeigefinger auf seine Armbanduhr gepocht. Wortlos hatten die Männer genickt, auch wenn niemand von ihnen eine Uhr besaß. „Also gut", hatte der Lehrer großzügig hinzugefügt, stolz nannte er sich „Direktor der Schule", „eine halbe Stunde vor Unterrichtsbeginn läutet mein junger Kollege die Schulglocke. Dann können alle um acht Uhr da sein, auch die Kinder, die nicht im Dorf wohnen. Um zwölf ist Mittagspause. Von zwei bis vier findet der Nachmittagsunterricht statt. Die Kinder, die in diesem Jahr sechs geworden sind, kommen morgen zur Registrierung und Einschulung. Die Eltern bringen die Geburtsurkunden mit."

Wieder hatten die Männer schweigend genickt. Als die Lehrer gegangen waren, mußte der Sanitäter, der am besten von allen Spanisch verstehen und sprechen konnte, noch einmal alles in ihrer Sprache wiederholen. „Geburtsurkunden!" hatten die Frauen gemurmelt. Welches ihrer Kinder besaß schon solch ein Papier!

Das Kanu mit Keito und seinen Geschwistern überquerte den See und legte am Ufer des Dorfes an. Hier lagen bereits einige Kanus von den Kindern, die ebenfalls nicht im Dorf wohnten.

Eben ertönte das Bimmeln der Schulglocke zum zweiten Mal. „Jetzt ist es acht Uhr", dachte Keito und schaute zur Sonne, die schon ein gutes Stück über den Bäumen stand.

Die meisten Kinder hatten sich bereits auf dem frisch gereinigten Platz vor der Schule versammelt. Auch einige Mütter mit den Sechsjährigen waren da.

Keito gesellte sich zu Tano und den größeren Jungen, die etwas abseits standen.

Der jüngere Lehrer knotete gerade die peruanische Flagge am Seil der Fahnenstange fest. Der ältere Lehrer stellte sich daneben und klatschte einige Male heftig in die Hände.

„Schüler, Schülerinnen, schweigt!" befahl er in lautem Ton. „Stellt euch klassenweise auf! Hier vorn die erste Klasse, daneben die zweite undsoweiter. Alle mit dem Gesicht zur Fahne eures Vaterlandes Perú. Schweigt, habe ich gesagt!"

Eifriges Geschiebe und Geflüster brach über die Kinderschar herein. Einige von ihnen hatten längst vergessen, in welche Klasse sie gehörten. Was vor drei Monaten war, das war schon unendlich lange her. Andere Kinder, vor allem die jüngeren von ihnen, hatten erst gar nicht verstanden, was der Lehrer in der fremden Sprache gesagt hatte.

Wieder klatschte der Lehrer in die Hände.

„Etwas schneller, Schüler und Schülerinnen!"

Endlich schien es geschafft. Die Älteren hatten den Jüngeren geholfen, sich zurechtzufinden. Die fünfzig bis sechzig Kinder hatten sich klassenweise aufgestellt. Fünf Gruppen mit unterschiedlich vielen Kindern, deren Haare noch feucht waren vom Kämmen, richteten die Augen auf die beiden Lehrer.

„Ruhe!" befahl der Direktor der Schule noch einmal, obwohl alle Kinder schwiegen. „Wir singen jetzt die peruanische Nationalhymne. Legt eure Hände rechts und links an die Seite. Steht gerade und blickt auf die Fahne. Die Fahne eures Vaterlandes Perú."

Aus voller Kehle setzten er und sein junger Kollege mit der ersten Strophe ein. Einige der älteren Kinder erinnerten sich an Bruchstücke des Textes und sangen die Worte, deren Bedeutung sie kaum verstanden.

Die jüngeren Kinder schauten hingerissen auf die beiden Lehrer, die sich mit gewaltiger Stimme zu ihrer peruanischen Heimat bekannten. Beim Refrain schienen ihre Stimmen noch lauter zu werden. Plötzlich brach der ältere Lehrer ab: „Lauter, singt lauter! Habt ihr verstanden!" Noch einmal setzte er mit dem Refrain ein. Die Kinder schrieen die Wortfetzen, die ihnen wieder ins Gedächtnis kamen, und die sie von den Lehrern aufschnappten, laut heraus. „So, und jetzt das Ganze noch einmal von vorn", sagte der Lehrer, als sie geendet hatten. „Ich will niemanden sehen, der seinen Mund nicht aufmacht!" Seine Augen schweiften über die stumme Kinderschar und blieben an den beiden Jungen hängen, die als einzige in der Gruppe der Fünftklässler, der obersten Klasse der Schule, standen. Er wies auf den Größeren der beiden. „Wie heißt du?" „Alejo", antwortete der Junge, der gut einen Kopf größer als Keito war. „Komm her, Alejo, du ziehst die

Fahne eures Vaterlandes Perú hinauf, während wir die erste Strophe singen." Alejo nickte wortlos und trat vor. „Das heißt: Ja, Herr Lehrer", bellte der Lehrer. „Ja, Herr Lehrer", sagte Alejo leise.

Keito blickte zu Alejo und fühlte die alte Wut in sich aufsteigen. Warum brüllte der Lehrer so? Alle von ihnen konnten gut hören! Niemand von den Erwachsenen im Dorf redete so mit den Kindern. Nur ihren Hunden gaben sie in diesem Ton Befehle. Ehe Keito seine Gedanken weiterverfolgen konnte, setzten die Lehrer aus Leibeskräften mit der ersten Strophe der Nationalhymne ein. Die Kinder taten ihr bestes, die beiden mit der Lautstärke zufriedenzustellen. Während das Geschrei der Kinder und Lehrer weit über den See hinausschallte und wohl so manches Lebewesen im Urwald aufschreckte, zog Alejo rasch – für den Geschmack der Lehrer viel zu rasch – die Flagge hinauf, wo sie träge im leichten Wind, der vom See kam, flatterte.

Der letzte Ton des Kehrverses war herausgebrüllt, als die Lehrer losdonnerten: „Es lebe Perú!" Zögernd kam das Echo von den Kindern: „Es lebe Perú!" „Es lebe Perú!" donnerten die Lehrer erneut, worauf das Echo der Kinder folgte. Und ein drittes Mal: „Es lebe Perú!" „Es lebe Perú!" begeisterten sich nun auch die Kinder.

„Wir ziehen jetzt in die Schule ein", verkündete der ältere Lehrer. „Señor Alvarez", hierbei wies er auf seinen jüngeren Kollegen, der neben ihm stand und bisher nicht zu Wort gekommen war, „geht allen voran. Die 1. Klasse folgt ihm, dann die 2., 3., 4. und die 5.! Auf geht's!"

Señor Alvarez ging gemessenen Schrittes durch den türlosen Eingang der Schule über dem das bunte peruanische Wappen prangte, als Zeichen der staatlich anerkannten Schule. Die älteren Kinder riefen den Kleinen in ihrer Sprache zu, dem

Lehrer zu folgen. Anfangs stockte der Strom der Kinder noch, um sich dann immer schneller in das Halbdunkel der Schule, die aus einem einzigen Raum bestand, zu ergießen. Jedes Kind ging still an seinen Platz. Die Väter hatten für sie Bänke und Tische gefertigt. Alle setzten sich. Die Mütter mit den Kleinen, die eingeschult werden sollten, drückten sich unschlüssig am Eingang herum.

Señor Pinto, der Direktor der Schule, nahm an einem Tisch etwas abseits Platz und forderte die Mütter auf, zu ihm zu kommen, um die Kleinen registrieren zu lassen.

Die Frau des Dorfhäuptlings trat mit ihrer Tochter an der Hand vor den Tisch des Lehrers: „Hier, meine Tochter", sagte sie.

Der Lehrer antwortete nicht, sondern schrieb etwas in die Liste, die vor ihm lag. Dann blickte er auf. „Wie heißt sie?"

„Celestina", antwortete die Mutter.

„Und weiter?"

Fragend schaute die Frau des Häuptlings auf den Lehrer.

„Den Nachnamen! Ich brauche den Nachnamen!"

Die Frau nannte die beiden Nachnamen des Kindes; zuerst den Namen des Vaters, dann den Namen von ihr. Zufrieden nickte der Lehrer und schrieb sie in seine Liste.

„Geburtsdatum!" schnappte er jetzt.

„Meine Tochter ist sechs", erwiderte die Häuptlingsfrau.

„Geburtsdatum", wiederholte Señor Pinto ungeduldig. Die Mutter der Kleinen zögerte. Der Lehrer schaute auf. „Gib mir die Geburtsurkunde, dann werden wir es gleich wissen!" Fordernd streckte er die linke Hand aus, um das erwartete Papier entgegenzunehmen.

„Es gibt keine Geburtsurkunde", erwiderte die Frau des Häuptlings. „Meine Tochter ist hier im Dorf geboren."

Langsam zog Señor Pinto seine Hand zurück und schwieg

einen kurzen Augenblick. „Na gut, dann sag mir das Datum, an dem deine Tochter geboren wurde."

„Januar vor sechs Jahren." Der Lehrer seufzte, wischte sich die kleinen, glänzenden Schweißperlen mit dem Handrücken von der Stirn und fragte: „Welcher Tag im Januar?"

„Den Tag weiß ich nicht", war die Antwort. Wieder seufzte der Lehrer und schrieb etwas in die Liste. Dann fragte er nach den Namen der Eltern und schließlich deren Geburtsdaten. Celestinas Mutter lachte nur und meinte, sie sei vielleicht dreißig oder fünfunddreißig. Wer wüßte das schon so genau! Ihr Mann sei mindestens zehn Jahre älter als sie, fügte sie noch hinzu.

Señor Pinto gab sich geschlagen, machte zwei dicke Striche auf das geduldige Papier und wandte sich der nächsten Mutter zu.

Während er weiterhin nach Namen und Geburtsdaten forschte, ging sein junger Kollege die Namensliste seines Vorgängers durch.

„Awishu Suma Najota?" „Hier", antwortete Awishu deutlich. „Zweite Klasse", gab der Lehrer zurück. „Claudio Suma Najota?" „Hier", klang es ein wenig dünn von Keitos kleinem Bruder. „Erste Klasse!" „Keito Suma Najota?" „Hier!" sagte Keito fest. „Dritte Klasse."

Ja, Keito konnte sich noch erinnern, was der Lehrer am Ende des letzten Schuljahres zu ihm gesagt hatte. „Weil du immer noch nicht richtig Spanisch lesen und schreiben kannst, mußt du weiterhin in der dritten Klasse bleiben!"

Keito hatte sich nicht besonders daran gestört. Kaum eines der Kinder erreichte die vierte oder fünfte Klasse und erhielt einen Schulabschluß. Keito wollte ein guter Jäger werden wie sein Vater und dazu brauchte er die Schule nicht.

„Eloida Tuna Aranaza?" tönte es jetzt fragend vom Lehrer.

Kein Echo kam aus der Kinderschar, auf die sich plötzlich lastendes Schweigen zu legen schien. Die jüngeren Kinder schauten angstvoll zu ihren älteren Geschwistern, die mit verschlossenen Gesichtern dasaßen. Ungeduldig wiederholte Señor Alvarez den Namen des Mädchens.

„Ist tot", brach Alejo das Schweigen.

Es war noch keine vier Wochen her, daß er mit seinem Vater den kleinen Sarg gezimmert hatte. Seine kleine Schwester hatte gehustet, fortwährend gehustet und zuletzt Blut gespuckt. Der Medizinmann und der Sanitäter hatten ihr nicht helfen können.

Ohne von seiner Liste aufzublicken oder ein Wort zu sagen, war der Lehrer zum nächsten Namen übergegangen.

Keitos Gedanken schweiften ab. Das Sitzen auf der gezimmerten Holzbank war nicht gerade bequem. Er sehnte sich nach seinem gemütlichen Lieblingsplatz in der leise schwingenden Hängematte mit dem freien Blick auf den See. Keitos Augen streiften durch den halbdunklen Schulraum mit dem festgetretenen schwarzen Erdboden. Eben lugten zwei Hühner vorwitzig durch den türlosen Eingang, durch den ein Streifen Sonnenlicht fiel. Fast ein wenig neidisch blickte Keito dem Federvieh nach, das sich nach einigen energischen schscht, schscht eilends entfernte.

Keitos Blick glitt zur grobflächigen Tafel. Oben rechts hatte der Lehrer das Datum des Tages geschrieben. Auch auf der zweiten Tafel auf der gegenüberliegenden Seite stand das Datum.

In diesem Augenblick trat der Direktor der Schule vor die Kinder, sichtlich erleichtert, die Registrierung der Erstklässler hinter sich zu haben.

„Schüler und Schülerinnen", sagte er nun. „Die Kinder der ersten und zweiten Klasse werde ich unterrichten. Die Kinder

ab der dritten Klasse haben bei meinem Kollegen im hinteren
Teil des Schulraumes Unterricht. Dreht eure Tische und Bänke in die entsprechende Richtung! Die Kinder, die ich unter-
richte, rücken noch etwas näher zu mir. Die Kleinen sitzen
vorn."
Eifrig begannen die Jungen und Mädchen ihre Tische und
Bänke zu schieben. Endlich durften sie aufstehen und sich
bewegen! Im Nu glich der Schulraum einem aufgewühlten
Ameisenhaufen. Tische und Bänke wurden über den schwarzen Boden geschleift und hinterließen deutliche Spuren in
der Erde. Es dauerte eine Zeit, bis alle zur besten Zufrieden-
heit der beiden Lehrer ihre Plätze gefunden hatten.
Keito ärgerte sich ein wenig. Von seinem neuen Platz konnte
er nicht mehr zum Ausgang hinausblicken und dem Treiben
draußen folgen. Die festen Lattenwände waren zu hoch, als
daß er im Sitzen darüber schauen könnte. Aber einen Trost
gab es! Tanos Bank stand gleich neben seiner.
Señor Alvarez rief noch einmal die Namen seiner Schüler
und Schülerinnen auf. Dann sagte er: „Ich habe mit Be-
dauern feststellen müssen, die meisten von euch beherr-
schen den Text unserer peruanischen Nationalhymne nicht
oder nur unvollständig! Ich werde jetzt die drei Strophen und
den Refrain an die Tafel schreiben. Ihr schreibt alles sauber in
eure Hefte und lernt es bis Morgen auswendig."
In steilen, großen Buchstaben begann der Lehrer an die Tafel
zu schreiben. Keito seufzte leise. Wieder hatten sie einen
Lehrer aus der Stadt geschickt bekommen, der ihre Sprache
nicht konnte. Vor Keito lag das abgegriffene Heft vom vergangenen Schuljahr und ein Bleistiftstummel. Keito blickte
zu Tano hinüber, der schon schrieb. Keito seufzte noch einmal und machte sich an die mühselige Schreibarbeit.
Einige der Kinder schrieben nicht. Sie hatten keine Hefte,

keinen Bleistift oder beides nicht. Der Lehrer gab ihnen, was fehlte, und sagte: „Morgen bringt ihr Geld mit, um die Sachen zu bezahlen." Die Kinder nickten stumm und fragten sich insgeheim, ob die Eltern das Geld hätten. Dann herrschte Schweigen in diesem Teil des Schulraumes. Alle waren mit der ungewohnten, schwierigen Aufgabe des Schreibens beschäftigt. Wie gern hätte Keito seinen Bleistift in das handfeste Blasrohr getauscht.

Vom anderen Teil des Raumes tönte es im Chor: „Haus! Haus! Haus! Tisch! Tisch! Tisch!" „Und noch einmal", forderte Señor Pinto die Kinder auf. „Lauter, viel lauter!" Der Zeigestock huschte auf der Tafel von einem Wort zum nächsten. „Noch lauter!" „Haus! Haus! Haus! Tisch! Tisch! Tisch!" hallte es nun weit über das Dorf und den stillen See hinaus. Was kümmerte es die Kinder, daß es in ihren Hütten keine Tische gab!

Endlich, als die Sonne fast im Zenit stand, sprach der Direktor der Schule die erlösenden Worte: „Der Unterricht ist für heute beendet. Geht nach Hause! Heute nachmittag ist frei." Die Kinder rafften ihre wenigen Habseligkeiten zusammen und drängten mit unterdrücktem Murmeln zur hellen Öffnung des Ausganges, der ihnen Freiheit und Bewegung versprach. Im gleißenden Sonnenlicht brachen sie in unbändiges, befreiendes Lachen aus, das Halbdunkel des Schulraumes mit den beiden fremden Männern hinter sich lassend. Ihre Welt hatte sie wieder!

Jeder neue Tag schien nun vom rastlosen Bimmeln der Schulglocke beherrscht zu sein. Lauthals sangen die Kinder jeden Morgen die Nationalhymne, zogen die Flagge den Mast hinauf und echoten aus Leibeskräften: „Es lebe Perú!" Schweigend, in geordneten Zweierreihen, zogen sie in die Schule ein.

Immer wieder versuchte Keito, den Worten des Lehrers zu folgen. Aber die Geschichten des Lehrers waren so anders, als die Geschichten, die der Großvater zu Lebzeiten erzählt hatte und die Keito nun abends am Feuer von seinem Vater hörte.

Señor Alvarez sprach von Kriegen und Schlachten, Pferden und Kanonen. Und wer war dieser Pizarro, dessen Name immer wieder auftauchte? Der Lehrer sprach von Lima, der Hauptstadt ihres Landes Perú, wo soviele Menschen zusammenwohnten und auch der Präsident wohnte. „Er ist der oberste Häuptling von uns allen", sagte der Lehrer und zeigte ihnen ein Bild von dem Mann. Aber wo gingen die Menschen in Lima jagen und fischen?

Keito hörte von anderen Städten und Ländern mit zungenbrecherischen Namen und von großen Wassern, die der Lehrer Ozeane nannte. Waren die Wasser so groß wie der mächtige Urwaldstrom, auf dem er mit dem Vater mehrere Tage im Kanu unterwegs gewesen war, um in einer kleinen Siedlung am Fluß seine Tante zu besuchen? Er hatte kaum das andere Ufer sehen können! Welche Fische gab es in den Ozeanen?

Keito hörte von Tieren und Pflanzen, die er im Urwald nie gesehen hatte. Was war ein Elefant? Er staunte, als der Lehrer ihnen ein Bild von dem grauen Dickhäuter zeigte. „Der gefällt mir", dachte Keito.

„Wovon ernährt sich der Elefant?" wollte Señor Alvarez nun von ihm wissen. Keito schwieg, weil er es nicht wußte. „Ich habe es doch gerade im Text vorgelesen!" schimpfte der Lehrer. „Kannst du nicht zuhören!" „Ich habe zugehört", dachte Keito und schwieg.

Die Stunden, in denen das Fach Spanisch auf dem Plan stand, fürchtete Keito bald mehr als den Biß eines Piranhas. Lesen konnte er den Text, aber nicht erzählen, was er gelesen hatte.

Manchmal wurde der Lehrer dann sehr wütend und brüllte. Ein Kind nach dem anderen, das die Fragen zum Text nicht beantworten konnte, schickte er nach draußen. Dort mußten sie wie eine Ente um die Schule watscheln oder wie ein Frosch hüpfen, bis ihnen die Oberschenkel schmerzten.

Wenn sie Mathematik hatten, blühte Keito auf und zeigte sein Können. Längst hatte er die wenigen spanischen Ausdrücke begriffen, um geschickt mit den Zahlen umzugehen. Sein Lehrer mußte ihm bereits den Stoff der nächsten Klasse vorlegen!

Tiefes Aufatmen ging durch die Kinderschar, wenn der Lehrer sagte: „So, nun machen wir Sport!" Da waren die Jungen und Mädchen in ihrem Element und die Lehrer hatten Mühe mitzuhalten. Keito und Tano hatten bald herausgefunden, daß sie beim heißgeliebten Fußball schneller und wendiger waren als die Lehrer. Immer wieder gelang es den beiden, ihnen den Ball abzujagen und geschickt auszuweichen.

Einmal sagte Keito zu seinem Freund nach der Sportstunde: „Ich möchte gern sehen, wieweit Señor Pinto und Señor Alvarez den Pfeil durch das Blasrohr schießen können!" Tano lachte und erwiderte: „Und ich möchte sehen, wie schnell sie auf einen Papayabaum klettern oder mit dem Kanu paddeln." „Ich auch", sagte Keito, „aber ich habe sie noch nie auf einem Baum oder im Kanu gesehen!"

Die Stimmung der beiden Jungen stieg. Jetzt war Mittagspause, dann noch zwei Stunden Unterricht, danach frei! „Morgen ist endlich Sonnabend! Zwei Tage keine Schule!" jubelte Keito und trank aus der Masatoschale, die Tano ihm gereicht hatte.

„Gehen wir Morgen mit dem Blasrohr auf die Jagd?" fragte Tano, nachdem auch er einige Schlucke vom sauren Masato genommen hatte. Einen Augenblick zögerte Keito. Dann erwiderte er: „Morgen gehe ich mit Vater auf das neue Feld an der Biegung des Flusses. Übermorgen können wir jagen gehen." „Ja, gut", willigte Tano sofort ein.

Der Freitagnachmittag verging rasch. Nachdem die Lehrer: „Auf Wiedersehen, bis Montag", gesagt hatten, strömten die Kinder jubelnd aus dem Halbdunkel der Schule.

„Also bis Sonntag", rief Tano seinem Freund zu, als Keito mit seinen beiden Brüdern und seiner Schwester in das Kanu stieg. „Ja, Tano, ich werde kommen!"

Einen kurzen Augenblick schaute Tano dem Kanu, das unter der Last der vier Kinder tief im Wasser lag, nach. Dann verschwand es hinter der kleinen Bucht.

Nacht ohne Sterne

Der klapprige Bus zuckelte noch immer durch die scheinbar endlose Stadt Lima. Keitos Kopf dröhnte. „Ich bin nicht gekommen", flüsterte er leise. „An dem Sonntag, als ich mit Tano zur Blasrohrjagd verabredet war, hatte mich die Schlange schon gebissen." Tränen schossen ihm in die Augen. „Nie wieder bin ich seitdem mit meinem Freund zum Jagen gewesen." Angestrengt versuchte er, die brennenden Tränen zurückzuhalten. Nichtsahnend kam ihm die Pani zu Hilfe. „Komm, Keito, wir müssen aussteigen!"

Den ganzen Nachmittag war er bedrückt und verschlossen. Lustlos nahm er an den Übungen in der Bewegungstherapie teil und ließ die Massage geistesabwesend über sich ergehen. Keito schwieg den langen Heimweg über und während der Abendmahlzeit, bei der er kaum Appetit zeigte. Als er danach mit seiner Flöte die schmale Treppe zum Dach hinaufstieg, fragte ihn die Pani, ob sie ihn begleiten dürfe. Eigentlich wäre er mit seinem Heimweh und der Sorge um seine Eltern und Geschwister lieber allein geblieben, aber er wollte nicht unhöflich sein.

Schweigend saß die Pani neben ihm in dem noch sonnenwarmen Winkel, als die laute Nacht mit den vielen Lichtern über Lima hereinfiel.

Keitos Ohren vermißten die Geräusche der belebten Urwaldnacht. Nicht ein Frosch war zu hören, geschweige denn der hohe, angsteinflößende Schrei des Nachtvogels. Über ihren Köpfen donnerte ein Flugzeug hinweg. Von der Straße quoll Lärm herauf und schien die zaghafte, suchende Melodie der Flöte ersticken zu wollen.

Lange, nachdem das Lied geendet hatte, sagte die Pani leise: „In Lima ist die Nacht anders als im Urwald!" Der Indianerjunge nickte. „Ja, ganz anders!" Sie schwiegen wieder. „Hier gibt es keine Tiere", fügte Keito nach einer Weile nachdenklich hinzu. „Nicht einmal Fledermäuse!"

„Kleiner Bruder", sagte die Pani, „wir gehen demnächst in den Zoo, wo es viele Tiere zu sehen gibt. Da sind auch welche aus dem Urwald."

Dieser Vorschlag schien Keito neugierig zu machen. Eine Frage nach der anderen mußte die Pani nun über den zoologischen Garten beantworten. „Wie leben die Tiere dort? Fressen sie sich gegenseitig? Was fressen sie? Kann man sie wirklich sehen? Was, einen Elefanten gibt es dort auch?" Keito konnte sich noch gut an das Bild, das ihnen der Lehrer von dem grauen Dickhäuter gezeigt hatte, erinnern. Die Pani lachte. „Ja, die alte Elefantendame wird dir bestimmt gefallen! Aber nun bist du dran! Erzähle mir von einem Tier aus dem Urwald!" bat sie. „Oh", überlegte Keito angestrengt. „Wart mal! Jetzt ist mir etwas eingefallen!"

Lebhaft begann er zu erzählen ...

Eines Tages halfen Keito und Awishu dem Vater, das Palmenblätterdach des Hauses auszubessern. Bei ihrer nächtlichen Jagd auf Kakerlaken und anderem Geziefer hatten die Ratten Löcher in das Dach gewühlt, durch die das Regenwasser ungehindert ins Haus tropfte.

Der Vater und die beiden Jungen holten die Blätter mit dem Kanu von weit her. Nur eine bestimmte Sorte Palmenblätter war zu gebrauchen. In der Nähe des Dorfes hatte man schon alle Palmen leergeschnitten. Der Vater zeigte seinen Söhnen, wie sie die Blätter flechten mußten. Die fertigen Teile wurden mit einer reißfesten Liane auf das Dach gezogen. Oben saß der Vater und fügte sie geschickt ein. Keito war auch hinaufgeklettert. Awishu stand unten im Haus und rief den beiden auf dem Dach zu, wo das Sonnenlicht durch die kleinen Löcher blinzelte. „Noch etwas weiter nach oben", dirigierte er. „Ja, so ist gut! Das Loch ist zu." Keito stieg hinunter, um selbst nachzusehen, wo noch etwas eingefügt werden mußte. Er hangelte sich gerade an einem der Balken hinunter, da sah er plötzlich die handtellergroße Spinne. Regungslos saß sie auf dem Balken in der Nähe seiner linken Hand. Mit einem Blick erkannte Keito, daß es sich um ein ausgesprochenes Prachtexemplar einer giftigen Vogelspinne handelte. Langsam setzte sie sich nun in Bewegung und kroch mit ihrem pelzigen, braunen Körper und den haarigen Beinen auf seine Hand zu. Deutlich erkannte Keito die winzigen, schwarzen Augen, die gefährlich zu funkeln schienen. „Jetzt ganz langsam bewegen", befahl Keito sich selber. „Ganz langsam, sonst springt sie auf dich zu!"

Durch die Arbeit im Dach war die Vogelspinne aus ihrem verborgenen Nest hochgeschreckt und witterte Gefahr. Es sollte ihr niemand zu nahe kommen!

Behutsam ließ Keito seine Hand vom Balken gleiten und

sprang ab. Federnd landete er auf dem Holzboden des Hauses. „Was machst du?" fragte Awishu überrascht. „Schnell, schnell den langen Holzspeer! Ich muß sie töten!" rief Keito hitzig und rannte zur anderen Seite des Hauses. Hastig riß er den Speer unter den Latten des Daches hervor. „Ich muß sie töten", murmelte er verbissen. Neugierig war Awishu seinem Bruder gefolgt. „Keito, was ist denn?" Claudio kam herbeigerannt. „Was ist los?" fragte er. Keito wies mit dem Kinn nach oben. „Da, die Spinne! Ich muß sie töten!" Awishu und Claudio blickten hinauf. Da saß sie, dick, braun und pelzig! „Die ist aber groß!" rief Claudio erschreckt und trat hastig ein paar Schritte zurück.

Die Spinne hatte in ihrer Flucht eingehalten und saß nun reglos da. „Na warte", zischte Keito, „dich erwische ich!" In diesem Augenblick setzte sich die Spinne wieder in Bewegung und verschwand auf der anderen Seite des Balkens. „Sie hat dich gesehen!" schrie Claudio aufgeregt. „Los, Keito, hierher!" rief Awishu. „Von hier erwischst du sie!"

„Was macht ihr da unten?" tönte Vaters Stimme von oben durch das Blätterdach. Er hatte bereits zweimal nachgefragt, ob das eingefügte Teil richtig saß. „Hört ihr mich?" fragte der Vater. Seine Stimme klang ein wenig ärgerlich. „Ja, Vater!" rief Claudio, „hier sitzt eine fette Vogelspinne. Sie ist riesig! Keito hat den Speer!" „Ich komme runter", antwortete der Vater. „Keito, mach schon!" rief Claudio. Der Gedanke, diese ungeheure Spinne könnte in der kommenden Nacht durch das Haus krabbeln, behagte ihm gar nicht.

Keito ließ sich nicht beirren und suchte die beste Position. Den Kopf nach oben gewandt, richtete er seine dunklen Augen fest auf die Beute. Er hob den Arm. Die Muskeln spannten sich. Zischend flog der Speer durch die Luft, hinauf zum Balken. Gerade setzte sich die Spinne wieder in Bewegung, als sich die steinharte Spitze des Holzspeeres in ihren Leib bohrte und vom Balken abprallte. Speer und Beute fielen zu Boden.

„Das war ein guter Wurf!" lobte der Vater. Er hatte gerade noch rechtzeitig das Haus betreten, um den gekonnten Wurf seines Ältesten beobachten zu können. Keito strahlte. „Ja, Vater, ich habe sie getroffen", sagte er mit Stolz. „Sie saß dort auf dem Querbalken", berichtete Claudio aufgeregt und wies mit dem Kinn hinauf. „Sie war ganz dicht bei Keitos Hand!" Awishu holte einen Stock und den Reisigbesen. Mit dem Stock streifte er die Überreste der Spinne von der Spitze des Speeres und reichte Keito die Waffe. Danach fegte er alles mit schnellem Schwung über den Rand des Hauses, hinunter zu den Hühnern, die sich gackernd und flügelschlagend um den unvorhergesehenen Leckerbissen stritten.

„Du hast sehr schön erzählt", lobte die Pani, als Keitos helle Stimme im Winkel auf dem flachen Dach verstummte. Der Junge freute sich. „Ich kann dir noch mehr erzählen!" bot er eifrig an. Mit einem Blick auf ihre Armbanduhr wehrte die Pani lachend ab. „Es ist schon sehr spät. Deine Eltern und Geschwister liegen bestimmt schon lange unter den Moskitonetzen."

„Aber nicht in unserer Hütte auf der Insel!" warf Keito ein. „Immerzu muß ich denken, wo sie sind. Ich habe Angst." fügte er leise hinzu.

„Ja, ich weiß", erwiderte die Pani. „Komm, wir wollen dem großen Vater Gott von unserer Angst und unseren Sorgen sagen und ihn um Schutz für deine Familie und alle aus dem Dorf bitten." „Ja, Pani."

Das schlichte Gebet des Indianerjungen und der weißen Frau stieg durch die laute Nacht zum sternenlosen Himmel empor.

„Der große Vater Gott versteht doch meine Sprache?" vergewisserte Keito sich, als sie geendet hatten.

„Ja, jede Sprache der Welt."

Der Junge nickte. Jetzt erst spürte er, wie müde er war. „In Lima vergißt man zu schlafen, weil die Nacht nicht dunkel ist", stellte er gähnend fest.

„Da ist was Wahres dran", stimmte die Pani zu.

Ohne Geld gibt es nichts!

Die Tage in Lima eilten dahin. Keitos Augen bekamen so viele Dinge zu sehen, die sie nie zuvor gesehen hatten.

Er sah die riesigen Ozeanschiffe und Frachter aus fernen Ländern, die majestätisch am Kai im Hafen lagen. Der bronzebraune Junge bestaunte die Männer mit tiefschwarzer Haut, die auf einem blitzweißen, schnittigen Bananenfrachter arbeiteten.

Der aufgeweckte Urwaldjunge sah die großzügig angelegten Plazas und die ehrwürdige Kathedrale. Dort lag in einem Glassarg die Mumie des Francisco Pizarro, des spanischen Eroberers, der das Inkareich zu Fall brachte und zerstörte. Es blieb Keito ein Rätsel, warum der Mann deshalb heute noch so berühmt war.

Neugierig betrachtete er die rotbefrackten Soldaten, die regungslos, das Gewehr geschultert, in der prallen Sonne auf den Stufen vor den Eingängen des Regierungspalastes standen. Solange er auch wartete, der große Häuptling, der Präsident des Vaterlandes Perú, tauchte nicht auf.

Neben all den Prachtbauten, den Häusern, die bis in den Himmel stiegen und in denen man mit einem Ding, das Fahrstuhl genannt wurde, blitzschnell hinauf und hinunterfahren konnte, sah Keito immer wieder das andere, elende Gesicht der großen, unbarmherzigen Stadt:

Kinder, die mit den räudigen Hunden der Straße, die schmierigen, stinkenden Abfallkartons durchwühlten oder der Pani die mageren Hände bettelnd entgegenstreckten.

Krüppel, die auf allen Vieren oder auf dem Bauch durch den Schmutz der Gehwege rutschten und die Passanten um etwas zu essen oder Geld anflehten.

Mütter mit Säuglingen und Kleinkindern, die apathisch in verdreckten Winkeln hockten und wortlos mit glanzlosen Augen bettelten.

Keito sah die Hütten und Unterschlüpfe aus Pappe, Wellblech und Strohmatten der Elendsviertel, die sich endlos in die erbarmungslose Sandwüste am Rande Limas hinauszogen. Sogar für das tägliche Trinkwasser, das in großen Tankwagen herbeigebracht wurde, mußten die Armen kostbares Geld bezahlen!

Und Keito hörte das trostlose, laute Weinen des Jungen, der auf dem Betonabsatz unter der Brücke lag und sich mit Zeitungen zudeckte.

„Wie ein Tier verschlingt er sein Essen", dachte Keito, als die Pani den Jungen aufforderte, mit ihnen eine Mahlzeit einzunehmen. „Die Menschen im Urwald sind arm", stellte Keito nachdenklich fest, „aber hier in der Stadt gibt es noch viel ärmere! Warum können sie nicht etwas aus den riesigen, vollgestopften Markthallen bekommen?"

„Du weißt doch, wenn sie nicht bezahlen können, bekommen sie auch nichts. Sie müssen dann entweder betteln oder stehlen!" gab die Pani zu bedenken.

„Genau wie bei Don Pedro, dem Flußhändler, der ab und zu ins Dorf kommt. Der gibt auch nichts ohne Geld, oder man muß ihm Hühner zum Bezahlen geben!"

Keito mußte plötzlich an den Tag denken, an dem er das Händlerboot zum letzten Mal an ihrer kleinen Insel hatte festmachen sehen . . .

Nein, Keito hatte sich nicht getäuscht! Es war das gleichmäßige Tuckern eines Außenbordmotors, das aus der Ferne schwach an sein geübtes Ohr drang. Irgendwo auf dem Fluß mußte sich ein Boot nähern. „Ob es wohl durch den schmalen Seitenarm zum See einbiegt?" fragte Keito sich neugierig. Er saß friedlich in der Hängematte, seinem Lieblingsplatz, und schaute über den spiegelglatten See. Die Sonne stand hoch und es war sehr schwül. Bleierne Trägheit hatte Menschen und Tiere befallen.

„Vielleicht ist es das Hausboot des einarmigen Flußhändlers. Es ist schon einige Monate her, seit er das letzte Mal bei uns aufgetaucht ist", dachte Keito.

Peque, peque, peque, tönte es deutlich herüber. „Es ist ein Peque-peque", dachte Keito. So nannten sie den Außenbordmotor, dessen Schraube an einer langen, schwenkbaren Stange befestigt war. Gerade in den reißenden Urwaldflüssen erwies sich dies als besonders nützlich. Gab es ein gefährliches Hindernis im Wasser, etwa einen treibenden Baum, konnte die Schraube blitzschnell aus dem Wasser gehoben werden.

Ja, jetzt war das Boot in die schmale Wasserenge zwischen Fluß und See eingebogen. Man konnte es gut am Geräusch des Motors hören. Keito schaute gespannt über den See, wo die Ausfahrt zum Fluß lag. Jetzt glitt das Boot hinter den mächtigen Bäumen hervor. Keito erkannte es sofort. Es war das weiße Händlerboot, mit dem breiten, roten Streifen an den Bordwänden.

Das Boot nahm Richtung auf ihre Insel und näherte sich

rasch. Keito konnte bereits die Buchstaben am Bug entziffern. „La Paloma blanca" murmelte Keito kaum hörbar vor sich hin. „Weiße Taube" hieß das, soviel Spanisch hatte er in der Schule schon mitbekommen. Aber warum hieß ein Boot so? Es war doch keine Taube! Gemächlich erhob Keito sich aus der Hängematte und ging langsam zur Anlegestelle hinunter. Seine Geschwister kamen eilig herbeigelaufen. Diese Abwechslung wollten sie sich nicht entgehen lassen!

Eben wurde der Motor abgestellt. Das Boot glitt ruhig auf das Ufer zu und landete mit einem leichten Ruck an dem dicken Baumstamm ihrer Anlegestelle. Ein dunkelhaariger Bursche sprang aus dem Bug des Bootes und verknotete ein starkes Seil an einem der Äste.

Keito und seine Geschwister saßen auf dem Stamm und sahen zu. Jetzt tauchte Don Pedro von hinten aus dem Boot auf. Knapp streifte sein Blick die Kinder, um danach blitzschnell und abschätzend die Insel mit ihrem Haus zu erfassen. Für einen kurzen Augenblick blieben seine Augen am Pferch des Schweines hängen. Ein leichtes Lächeln huschte unter dem struppigen Schnurrbart über seine Lippen. „Guten Tag", sagte Don Pedro dann zu den wartenden Kindern. „Guten Tag", erwiderten sie in seiner Sprache.

Leichtfüßig kam die Mutter den Baumstamm hinunter und stieg auf das Boot. „Guten Tag, Señora", sagte Don Pedro freundlich. Die Mutter erwiderte den Gruß.

Nun folgten die Kinder, eins nach dem anderen, der Mutter auf das Boot. Keito hob seine zappelige, kleine Schwester hinein und half ihr über die sperrigen Hühnerkäfige, die im Bug standen. Alle drängten sich in den engen Hausaufbau des Bootes.

An einem Draht befestigt, hingen von der Decke mehrere Petroleumlampen. „Die geben bestimmt mehr Licht als unsere selbstgemachte Funzel", dachte Keito. Sein Blick schweifte von den Lampen in das Heck des Bootes. Hinter einigen Tonnen mit Treibstoff machte sich der Bursche, der das Boot an Land befestigt hatte, am Motor zu schaffen. Gern wäre Keito zu ihm geklettert, um den Peque-peque aus der Nähe zu betrachten, aber der Blick des jungen Mannes war nicht gerade einladend. So wandte Keito sich lieber den Dingen in seiner unmittelbaren Nähe zu. Zu beiden Seiten an den Holzwänden hingen schmale Regale, in denen nach der langen Flußreise nur noch wenige Waren lagen. Es gab einige Ballen mit buntgeblümten Baumwollstoffen, etwas Nähgarn in verschiedenen Farben, blanke Aluminiumtöpfe, Kämme, bunte Haarspangen, grobe Stücke Kernseife, ein paar Dosen mit fremdartigen Lebensmitteln, Trockenmilch, karierte Baumwollhemden und einfarbige T-shirts mit aufgedruckten Motorrädern und Micky Mäusen. Auf dem Boden standen halbleere Jutesäcke mit geschältem Reis und braunen Bohnen, daneben die Kisten mit den „refrescos", wie die fruchtiggelbe Inka Cola und andere Erfrischungsgetränke.

Jetzt entdeckte Keito etwas Eigenartiges. Neugierig nahm er es vom Regal und fragte Don Pedro: „Was ist das?" „Das ist eine Rattenfalle." „Eine Rattenfalle? Wie fängt man damit Ratten?" wollte Keito wissen. So gut er es mit dem einen Arm vermochte, zeigte ihm der Händler, wie die Rattenfalle zu spannen war, wo der Köder angebracht wurde und wie die Falle dann zuschnappte. Keito lachte ungläubig.

Mutter hatte inzwischen vier Kernseifenstücke aus dem Regal genommen und sie Morena in die Hand gedrückt. Jetzt fragte sie nach weißem Nähgarn. Don Pedro reichte ihr eine Rolle. „Zwei", verlangte die Mutter und bekam zwei Rollen. „Was kostet das?" fragte sie dann in gebrochenem Spanisch. Don Pedro nannte den Preis. Die Mutter nickte und wühlte

aus dem Ausschnitt ihres Kleides ein paar zerknitterte Solesscheine. Das Geld reichte gerade.

„Gib mir etwas Stoff davon", sagte die Mutter nun und wies
auf einen Ballen mit blauem Baumwollstoff, der mit weiß-
gelben Blümchen bedruckt war. „Ich gebe dir ein Huhn für
den Stoff", fügte sie hinzu.

„Was soll ich mit einem Huhn?" fragte der Händler unwillig.
„Jeder will mit einem Huhn bezahlen."

Etwas war in Don Pedros Stimme, das Keito aufhorchen ließ.
Er blickte zu seiner Mutter. „Stoff für zwei Kleider, für meine
Töchter", sagte sie gerade. „Señora, ich habe genug Hühner!
Sie fressen mir das ganze Futter weg und bringen kaum Geld.
Ich habe die Arbeit mit den Tieren. Der Treibstoff für den
Motor ist teuer, sehr teuer. Drei Wochen bin ich unterwegs,
um zu eurem gottverlassenen See zu gelangen. Warum kom-
me ich hierher? Um Hühner zu kaufen? Was soll ich damit!
Gib mir das Schwein da drüben! Dafür bekommst du viel
Stoff, und du brauchst das Schwein nicht mehr zu füttern!"
Keito hatte zwar nicht alles von Don Pedros langer Rede verstanden, aber er hatte mitbekommen, daß er das Schwein haben wollte. Don Pedros Gesicht war jetzt nicht mehr so
freundlich, fand Keito. „Wie ein Puma auf der Lauer sieht er
aus", dachte er.

Unbeeindruckt von der Rede sagte die Mutter: „Ich gebe dir
zwei Hühner. Du gibst mir Stoff für zwei Kleider und zwei
kurze Hosen."

Don Pedro lachte trocken. „Hör zu, gib mir das Schwein und
ich gebe dir Stoff für alle deine Kinder." Hierbei wies er mit
dem einen Arm auf Keito und seine Geschwister. Das war ein
verlockendes Angebot, aber die Mutter blieb ungerührt.
Noch vor einigen Tagen hatte der Vater zur Mutter gesagt:
„Das Schwein bringe ich mit dem Kanu zur Ölgesellschaft

und verkaufe es dort. Die geben mir den doppelten Preis, als mir Don Pedro zahlt." Die Mutter hatte zustimmend genickt. Die Reise war zwar beschwerlich und ging mehrere Tage mit dem Kanu flußaufwärts. Aber was machte das schon! Das Kanu kostete nichts.

„Zwei Hühner", sagte die Mutter noch einmal, „das Schwein gebe ich nicht." Don Pedro begriff, daß die Mutter nicht nachgeben würde. Murmelnd wandte er sich dem gewünschten Stoffballen zu.

„Hast du Ananas?" fragte Don Pedro jetzt. „Ja, ich habe Ananas", erwiderte die Mutter. „Gib mir zwei Hühner und fünf Ananas. Ich gebe dir auch Stoff für kurze Hosen für deine drei prächtigen Söhne." „Ja, gut", willigte die Mutter ein. Don Pedro schnitt etwas von dem festen, hellbraunen Hosenstoff ab. Zufrieden nahm die Mutter den Stoff unter den Arm und stieg durch den Bug des Bootes über die Käfige mit dem aufgeregten Federvieh. Keito und seine Geschwister folgten ihr. Mutter legte den neuen Stoff auf der sauberen Schlafebene ab. Morena packte das Nähgarn und die vier Kernseifen daneben. „Ich hole die Ananas", sagte die Mutter. „Ihr fangt die Hühner. Das Braune da hinten am Busch und das da unter dem Haus."

Zuerst kreisten die Kinder das Huhn am Busch ein. Wild schwang Claudio einen Zweig über seinem Kopf und trieb das verschreckte Tier in Awishus Arme. Mit blitzschnellem Griff hatte er es bei den flatternden Flügeln gepackt und trug es hinunter zum Händlerboot.

Inzwischen war die kleine Morena unter das Haus gegangen und hatte das andere Huhn aus seinem Sandnest aufgescheucht. Mit ausgestreckten Armen lief sie hinter dem laut gackernden Federvieh her und verkündete: „Ich fange dich! Ich fange dich!"

Keito lachte. Jetzt rannten er, Claudio und Morena auch mit ausgebreiteten Armen dem Huhn nach. „Wir fangen dich! Wir fangen dich!" kreischten sie ausgelassen. In wilder Jagd ging es um den Schweinepferch. Das Schwein grunzte und fing nervös im Schlamm an zu wühlen. Schließlich bekam Morena das flüchtende Huhn an den Balken des Pferches zu fassen. Sie packte es an den Beinen und trug es auf das Händlerboot.

Mutter kam mit fünf reifen Ananas hinter dem Haus hervor, wo die Stauden standen. Sie reichte ihrem Ältesten den geflochtenen Korb mit den süßduftenden Früchten. Keito trug ihn zu Don Pedro, der die Ware entgegennahm. Prüfend drückte er mit der einen Hand jede Frucht von allen Seiten, sagte: „Gut", und legte die Ananas behutsam auf den Boden des Bootes.

Keito blickte zu den blitzenden Petroleumlampen, die im Inneren des Hausbootes von der Decke hingen. Zögernd wies er mit dem Kinn auf die größte. „Was kostet die Lampe da?" fragte er in einfachem Spanisch. Don Pedro nannte den Preis. Keito nickte. „So eine Lampe werde ich kaufen, wenn ich einmal genügend Soles zusammen habe", beschloß er bei sich. „Vielleicht kann ich einen oder zwei kleine Affen fangen und sie an die „Gringos" bei der Ölgesellschaft verkaufen." „Gringos" nannten sie die hellhäutigen Ausländer, die dort arbeiteten. Der Vater hatte erzählt, daß die Gringos lebendige Papageien und Affen kauften, um sie ihren Kindern zum Spielen mitzubringen.

„Willst du eine Lampe kaufen?" riß Don Pedro Keito aus den Gedanken.

„Nein, jetzt nicht", gab Keito hastig zurück. „Bis später", fügte er hinzu und kletterte auf den Baumstamm.

„Mach mal das Seil los und wirf es rüber", bat Don Pedro. „Ja, mache ich."

Geschickt löste Keito den Knoten und warf das Seil ins Boot. Don Pedro stieß das Heck des Bootes mit einem Paddel vom Baumstamm ab. „Los geht's, Alfredo!" rief er nach hinten. „Ja, Don Pedro!" scholl es zurück. Gleich darauf sprang der Motor an und sein Peque-peque tönte laut über die Insel. Die lange, schwenkbare Stange tauchte ins Wasser. Das Boot wendete und richtete sich auf die andere Seite des Sees, wo die kleine Indianersiedlung lag. Ein wenig beneidete Keito den Burschen, der geschickt das Händlerboot manövrierte. Keito blickte den beiden versonnen nach. Einen Augenblick wünschte er, er säße dort am gleichmäßig tuckernden Motor und könnte tage- und wochenlang auf den unzähligen Urwaldflüssen unterwegs sein.

„Komm, Keito", rief Claudio lockend und holte seinen Bruder in die Wirklichkeit zurück. „Wir werfen die Flechas." Mit einem leichten Seufzer erhob Keito sich von dem Baumstamm und lächelte seinem kleinen Bruder zu. „Ja, ich komme, Claudio!"

Ein wenig später waren Keito und seine beiden Brüder eifrig dabei, mit ihren kurzen, leichten Holzspeeren die grüne Papayafrucht zu durchbohren, die vor ihnen über den Boden rollte.

Das weiße Händlerboot, das für eine kleine Weile geschäftige Unruhe in ihren gleichmäßig fließenden Urwaldalltag gebracht und sie an die Welt da „draußen" erinnert hatte, schien vergessen. Das aufreizende Peque-peque des Motors war verstummt. Die aufgescheuchte Hühnerschar, die um zwei Tiere verringert worden war, und das nervöse Schwein hatten sich längst beruhigt. Die kleine Insel hatte ihren Frieden wieder.

Heimweh

„Warum haben sie erst Soldaten geschickt?"

„Dies ist ein Glückstag!" sagte Keito mit seinem strahlenden Lächeln, das die Pani seit Wochen bei dem Jungen vermißt hatte.

Fast gleichzeitig waren in dem Haus in Lima zwei gute Nachrichten eingegangen, die den Indianerjungen schlagartig von seinen Sorgen um Eltern und Geschwister befreiten.

Am frühen Morgen meldete ein Missionar aus der fernen Urwaldstadt Iquitos über Radiosprechfunk, er habe in den Hütten am Fluß Keitos Vater getroffen. Dann folgte, was der Vater seinem Jungen mitteilen wollte: „Keito, mein Sohn. Wir sind mit dem Kanu nach Iquitos gepaddelt, deine Mutter, deine Geschwister und ich. Wir sind alle gesund und wohnen in der Hütte der Verwandten. Sobald es geht, kehren wir an den See zurück. Ich arbeite wieder in der Markthalle wie damals. Alle grüßen dich. Vater."

Wenige Stunden später jubelte Keito: „Jetzt können sie an den See zurückkehren. Die Soldaten sind weg!"

In den Mittagsnachrichten war es durchs Radio gekommen. Die Kämpfe im Urwald waren eingestellt worden! Ab sofort sollten Verhandlungen um den Verlauf der Grenze zwischen Perú und Ecuador geführt werden. Einige Indianer kehrten bereits in ihre Dörfer zurück.

„Verhandlungen", wiederholte Keito langsam, nachdem er die Pani nach der Bedeutung des Wortes gefragt hatte. „Warum haben die großen Häuptlinge, die Präsidenten meine ich, denn erst Soldaten geschickt? Warum haben sie nicht gleich Verhandlungen gemacht?"

Endlich kam der Tag, an dem Keito die Prothese, an der noch die Feinarbeiten fehlten, anprobieren und in der Therapiestunde benutzen durfte.

Anstrengende Nachmittage folgten für den Jungen. Nie hatte er sich vorgestellt, welche Arbeit es ihn kosten würde, mit dem künstlichen Bein laufen zu lernen.

„Mit dem Ding komme ich viel langsamer voran", beschwerte er sich eines Tages erschöpft. „Und die Krücken bin ich immer noch nicht los!"

Mühsam bewegte er das Holzbein vorwärts. Wenn ihm doch das Gelenk an der Stelle des Knies gehorchen würde! Ständig hatte er das Gefühl umzufallen.

Immer wieder forderte ihn der freundliche junge Mann im weißen Kittel auf, seine Körperhaltung in den großen Spiegeln, die am Ende der Laufbarren angebracht waren, zu überprüfen.

„Aufrecht und gerade mußt du gehen! Ja, so ist es gut! Ausgezeichnet!"

Das Lob spornte Keito an. Wie strahlte Keito, als er feststellte, daß er nur noch eine Krücke zum Laufen mit der Prothese brauchte!

„Bald habe ich es geschafft!" sagte er begeistert zur Pani, die an jedem Fortschritt teilnahm und ihm immer wieder Mut zusprach. „Dann kann ich endlich nach Hause!"

Die Freude des Jungen sollte einen tiefen Rückschlag erleiden.

Ab morgen würden die Therapiestunden bis auf weiteres ausfallen, hieß es plötzlich. Keito konnte nicht begreifen, was mit dem Wort „Streik" gemeint war, das in dem Zusammen-

hang fiel. Vergeblich bemühte sich die Pani, die Prothese mit
nach Hause nehmen zu dürfen, um dort mit dem Jungen zu
üben.

Der Meister in der Werkstatt schüttelte verständnislos den
Kopf. „Nein, nein", wehrte er ab. „In dem unfertigen Zustand geben wir das Bein nicht heraus!"

Als die Pani nicht locker ließ, fügte er scharf hinzu: „Die Prothese ist noch nicht bezahlt, und da wollen Sie sie mitnehmen! Was meinen Sie, was für Scherereien ich bekomme!"

Die Pani erbot sich, das Geld noch am späten Nachmittag
einzuzahlen, aber der Mann schüttelte bedauernd den Kopf:
„Tut mir leid für Sie und den Kleinen! Die Kasse hat schon
am Mittag dicht gemacht und ist nicht mehr besetzt. Das
Geld werden Sie nicht mehr los!"

Die Tage des tatenlosen Wartens wollten Keito schwer werden. Wie sehnte er sich nach Hause! Seine Eltern und Geschwister waren bestimmt schon lange von Iquitos aufgebrochen. Vielleicht waren sie bereits auf der Insel im See. Gerade
jetzt, wo das Holzbein anfing, ihm zu gehorchen, durfte er
nicht weitermachen!

Der Junge aus dem Urwald verstand die Welt nicht mehr, als
er erfuhr, daß die Arbeit auch in den Krankenhäusern nieder-
gelegt wurde. „Und was machen die Kranken?" fragte er, wobei er an die Zeit denken mußte, als er im Krankenhaus gelegen hatte. „Verwandte und Freunde sollen sich kümmern,
wird im Radio und Fernsehen gesagt", erklärte die Pani.

Niemand wußte, wie lange der Streik anhalten würde. Die
Banken, die Post und die beiden einheimischen Fluggesell-
schaften legten ebenfalls ihre Arbeit nieder. In diesen Tagen
wußte Keito plötzlich, das Leben in Lima, der großen, fortschrittlichen Hauptstadt ihres Vaterlandes Perú, gefiel ihm
nicht und würde ihm auch nie gefallen!

Nur das Meer mit den tosenden Wellen und dem prickelnden, salzigen Wasser und natürlich der Zoo mit den vielen Tieren gefiel ihm. Immer wieder zog es Keito zu dem Elefanten, den er am liebsten stundenlang beobachtet hätte. Die Tiere in der Urwaldabteilung kannte Keito alle. Zu jedem wußte er etwas zu erzählen.

Staunend stand er dann vor den großen Käfigen der riesigen Vögel aus dem Gebirge, das „Anden" genannt wurde. „Kondor" entzifferte Keito vom Metallschildchen an den Gitterstäben. Die Pani mußte ihm berichten, was sie über diesen König der Lüfte wußte!

Auch wenn sie nun jeden Tag abwechselnd zum Strand und zum Zoo gingen, wurde das Heimweh des Indianerjungen von Tag zu Tag stärker. Er wurde immer schweigsamer, und sein unbändiger Appetit bei Tisch ließ erheblich nach. Oft folgte er der Pani lustlos und verträumt durch die Straßen der Stadt. Er sah die blankgeputzten Glasscheiben der feinen Läden, die bis auf den Boden reichten, nicht mehr und prallte hart dagegen.

Am liebsten wäre er am Morgen im Bett geblieben! Er wollte nichts mehr von der stinkenden, lauten Stadt sehen und hören!

Ein wenig munterte es ihn auf, als die Pani ihm vorschlug, für jeden seiner Geschwister, für seine Eltern und für seinen Freund Tano ein Geschenk zu kaufen. Keito wählte für den Vater ein Hemd und für die Mutter ein großes Stück Stoff, Nähgarn, Nadeln und eine Schere. Jetzt brauchte die Mutter sich die Schere nicht mehr von der Häuptlingsfrau auszuleihen, wenn sie etwas zuschneiden wollte!

Die Brüder sollten Angelhaken und -schnur bekommen, die Schwestern bunte Haarspangen und Kämme.

„Und für Tano?" fragte die Pani. Keito zögerte. „Vielleicht einen richtigen Fußball", brachte er leise hervor.

Als endlich die Arbeit im Rehabilitationszentrum wieder aufgenommen wurde, legte Keito sich mächtig ins Zeug, auch noch die zweite Krücke loszuwerden und ohne jede Stütze laufen zu lernen.

„Nie werde ich das Strahlen deiner Augen vergessen", sagte die Pani, als er es endlich geschafft hatte. Zögernd, aber mit verbissenem Mut, lief er die ersten Schritte auf beiden Beinen ohne fremde Hilfe.

Keito schämte sich ein wenig über den Beifall, den ihm seine Leidensgefährten aus der Gruppe freudig spendeten.

Von nun an durfte die Pani die Prothese mit nach Hause nehmen, wo Keito eifrig im Hof übte. Schnell lernte er, sie selber anzuschnallen und wieder abzulegen. Er lernte, Treppen und Böschungen hinauf- und hinabzusteigen.

Endlich hatte es geheißen, er dürfe nach Hause! Gute drei Mondzeiten hatte der Indianerjunge in der Großstadt Lima zugebracht, als der Düsenjet ihn und seine Betreuerin über die Anden in den Urwald zurücktrug.

Vaya con Dios!

Zwei Tage mußte Keito sich dann noch auf der Missionsstation gedulden. Ununterbrochen rauschte der dichte Tropenregen nieder und hielt die kleinen Flugzeuge am Boden.

Einen der Missionspiloten hatte vor kurzem ein dringender Impfstofftransport in die Nähe von Keitos Stammesgebiet geführt. Der Pilot hatte die Gelegenheit genutzt, einen Erkundungsflug über den See zu machen. Er sah es ganz deutlich! In der Indianersiedlung herrschte emsiges Treiben. Die Einwohner waren zurückgekehrt! Von der kleinen, kreisrunden Insel mitten im See winkten ihm einige Kinder zu.

„Das waren bestimmt Awishu, Claudio, Morena und Merza!" sprudelte Keito heraus, als der Pilot ihm davon berichtete.

Ein blauer Himmel wölbte sich über das saftige Grün der Bäume, als Keito neben der Pani durch das nasse Gras zum See hinabging, wo das Wasserflugzeug für den Urwaldjungen bereitstand. In der einen Hand hielt er das Netz mit dem Fußball für seinen Freund. Die andere schwenkte locker und unbeschwert durch die Luft. Die Pani trug seine Krücken, die nur noch für den Notfall bestimmt waren.

Das Gepäck mit den Geschenken und den vielen Kleidungsstücken, die noch dazu gekommen waren, hatte der Pilot bereits hinter dem Netz im rückwärtigen Teil des Flugzeuges verstaut. Eben stellte er den Karton mit den kostbaren Lebensmitteln wie Öl, Salz, Zucker, Reis und Bohnen daneben.

Schweigend betraten der Junge und die hellhäutige Frau die schwimmende Anlegestelle. Aus einem Kasten mit kleinen Luftlöchern tönte aufgeregtes Gepiepse. Fragend schaute Keito die Pani an. „Die sind für dich", sagte sie mit stockender Stimme. „Zehn Küken für dich und diese große, blaue Petroleumlampe." Bei diesen Worten reichte sie ihm das gut verschnürte und gepolsterte Päckchen, das sie bislang getragen hatte.

„Oh, Pani", brachte Keito mühsam hervor. „Ich freue mich!"

„Ja, du sollst dich freuen, kleiner Bruder!"

„Alles einsteigen!" rief der Pilot mit einem Schmunzeln.

„Wir fliegen nach Lima!" Keito lachte. „Nein, wir fliegen nach Hause! Nach Wakamaya!" erwiderte er, als ihm der riesige Mann mit den blauen Augen ins Flugzeug half und den Gurt anlegte.

„Vaya con Dios, turini", sagte die Pani. „Geh mit Gott, mein

Bruder." „Ja, Pani, du auch und danke!" „Bis später!" „Bis später!"

Die Tür schlug zu. Der Propeller sprang an. Das Wasserflugzeug zog langsam auf den See hinaus. Schnell gewann es an Geschwindigkeit, raste über das aufspritzende Wasser hinweg, hob leicht ab und zog steil nach oben, zielstrebig die Nase nach Nordosten gerichtet.

Lange schaute die Pani dem blauweißen Metallvogel nach, bis sich der helle Punkt am lichten Morgenhimmel in der Ferne verlor!

Was es noch zu der Geschichte über Keito zu sagen gibt

Der rote Faden dieser Geschichte ist wahr. Die meisten Namen der Personen und Orte wurden geändert.

Es gibt den Indianerjungen, der in diesem Buch den Namen Keito trägt. Vor einigen Jahren habe ich ihn kennengelernt, dort in dem kleinen Dorf an dem herrlichen See mitten im Urwald von Perú. Ich kenne auch die Hütte auf der Insel, in der Keito mit seinen Eltern und Geschwistern lebt.

Keitos Alltag als Urwaldindianer ist oft hart und gar nicht romantisch. Tägliche Nahrungssuche (Jagen, Fischen) und schwere Feldarbeit unter sehr primitiven Bedingungen bestimmen den Tageslauf. Oft bedrohen Krankheit oder gefährliche Tiere das Leben der Menschen, und medizinische Hilfe ist viele Tagereisen entfernt.

Aber es gibt noch eine weitere Gefahr. Sie kommt lautlos von außerhalb. Weiße und Mestizen (Mischlinge zwischen Weißen und Indianern) dringen immer tiefer in den Urwald ein. Sie machen den Indianern oft nicht nur das Land streitig, sondern geben ihnen auch das Gefühl, Menschen dritter Klasse zu sein. Und sie versuchen, ihnen eine fremde Lebensart überzustülpen. Alkohol spielt dabei in vielen Fällen eine große Rolle. (Natürlich gibt es auch Weiße und Mestizen, die anders sind.)

Viele Indianer glauben, das Leben der Weißen und Mestizen sei sehr begehrenswert, und sie wollen so sein wie sie. Das bedeutet eine große Gefahr für das Überleben der Einwohner des Urwaldes.

Auch Keito hatte von diesem anderen Leben „draußen" gehört (z.B. in der Schule) und so manches Mal davon geträumt. Als er diese fremde Welt dann eines Tages kennenlernt und in ihr leben muß, stürzt sie ihn zunächst in eine tiefe Verwirrung. Aber Keito hält die Augen offen und er sieht auch das dunkle, unbarmherzige Gesicht der so fortschrittlichen Lebensweise.

Eines Tages weiß Keito, er möchte nie mit einem Leben außerhalb des Urwaldes und der Stammesgemeinschaft tauschen!

Ich wünsche Keito und allen seinen Stammesbrüdern und -schwestern, daß sie dieser Gefahr von „draußen" entgegentreten können und stolz bleiben, Indianer zu sein (oder wieder stolz darauf werden).

Mögen ihnen Freunde zur Seite stehen, die die Risiken und Gefahren dieser Selbstfindung mittragen!